# 當好學生 遇上好老師

阿濃

**當好學生遇上好老師**

作者／阿濃
策劃編輯／周淑屏
責任編輯／黃玉琼
美術設計／陳詩韻
插圖／ Dell
出版發行／突破出版社
香港沙田亞公角山路 33 號突破青年村
電話：2632 0000　傳真：2632 0388
電郵：breakthrough@breakthrough.org.hk
網址：http://www.breakthrough.org.hk
http://www.btproduct.com
承印／陽光（彩美）印刷有限公司
2016 年 7 月初版 1 刷
2023 年 3 月初版 5 刷


Good Student, Good Teacher

by A Nong
First Printing, First Edition, July 2016
Fifth Printing, First Edition, March 2023

Printed in Hong Kong
ISBN 978-988-8392-12-4

誠邀閣下就突破出版社的書籍發表意見

歡迎加入突破書籍 Facebook page — http://www.facebook.com/btbooks.page

**本書採用環保油墨印刷**

# 人文價值

或坐在巨人的肩膀上，或呷一口書香，讓我們的生活漸次提升，讓眼界更見遼闊。

# 目錄

序

# 對師生間「佳話」有期待

阿濃

這幾年為突破每年寫一本關於中國文化的書，體裁都是故事新編，市場反應良好。今年想寫一本老師和學生的故事，本以為材料會很多，誰知一寫才知道原始材料是如此貧乏。

故事當然首先從萬世師表孔老夫子的學生那裏找，出色的已經有七十二人了，一般的有三千那麼多呢！可是七十二人中有的只是一個名字而已，故事欠奉，有趣又有意義的更罕見，不過能寫的算他最多了。

跟着找亞聖孟子，他也帶着一班學生到處跑，還把「得天下英才而教育之」視為「君子三樂」。他收生較濫，但有名的學生也只有萬章和公孫丑數人。

再去找很會說故事的莊子，做他的學生一定不會悶。想不到整本《莊子》連一個學生的名字也沒有留下，只知道有學生會捉老師的痛腳，不過他說的故事都是很好的教材。

寫過〈師說〉的韓愈又如何呢？老師的職責和求師的重要，數他說得最好，可是故事呢？欠奉。

只能打近代人的主意了，「俯首甘為孺子牛」的魯迅、被宋慶齡讚為現代的「萬世師表」陶行知，也要請出來幫忙了。還有那位木匠出身，能詩、能畫、能篆刻的齊白石，他少時家貧，又是怎麼找到老師的呢？那就要找他的《自述》來看。

師生間的故事和「佳話」這麼少，是不是說明中國歷代師生關係比較疏離呢？出自荀子的「天地君親師」這個接受祭祀的序列，把老師的地位大大推高，卻反而影響師生間的親近融洽。學生見到老師總要畢恭畢敬，垂手侍立，老師睡着了也不敢離開。其實孔子、孟子、莊子的學生，都喜歡跟老師互相問難，上課的氣氛是活潑的，這種精神很符合現代的教育理論。

本書的目的之一，正是期望在這追求自由民主平等的新時代，師生間有更密切的互動，也有出自內心的尊敬和愛護，因此出現更多有趣動人的新故事。

# 一　上大人，孔乙己

各位，阿濃的《中國文化系列》已寫了五本，它們是《老井新泉》、《古典今趣》、《去中國人的幻想世界玩一趟》、《美麗的中國人》、《聲動千載——中國人憑歌寄情的故事》，這本《當好學生遇上好老師》，說的是中國人師生間的故事。

能夠閱讀這本書的你，當然具備一定的文化水平，也就是說你一定有老師，說不定你本身還是老師，或許你準備將來做老師。一提起老師，在你心中會出現一些怎樣的影像呢？是不苟言笑、古肅沒趣的老古董？是幽默風趣、和藹可親的老好人？是帶你認識人生、追求真理的智者？還是敷衍塞責、不學無術的庸師？

在你的記憶中你還記得哪些老師，對他感恩？如果你已畢業離校，你還有沒有探訪某幾位老師，請他喝茶？

在中國歷史上，老師的地位大多崇高，從東漢起，歷朝的祭祀之禮，對象便是「天地君親師」，表示對大自然、國家領袖、父母尊長、老師的敬重和感恩。這五個字民間還有特殊寫法，其中「師」字不寫左上角的一小撇，寓意一個人對師恩不能撇去，一定要銘記於心。

老師最倒霉的時代在中國上世紀六十年代的文革時期，學生不上課，用殘酷的手段鬥老師，侮辱他們，毆打他們，期間出了反師道尊嚴的小學生黃帥、白卷英雄張鐵生。如今文革雖然已成過去，其對中國文化的傷害既深且遠，基本道德的顛覆，遺禍仍在。文革時期阿濃雖身在香港做老師，也怕將來會被當臭老九批鬥。下班後去無線電學校學習修理電視機，拿了文憑，以備做不成老師時做工人階級。

老師倒霉，老師中的老師孔夫子當然首當其衝。我文革後去過曲阜，孔林、孔廟瘡痍滿目，廟前的石人石馬，斷頭缺腿；墓碑也被敲斷，雖然重新拼合，但裂痕將永遠存在。

從前你除非不讀書，讀書的第一天就要向這位「至聖先師」磕頭。以後犯了什麼過失，又要跪在他老人家牌位前作為處罰。你最初的書法練習就是用毛筆在描紅簿上歪歪斜斜的填「上大人，孔乙己，化三千，七十士，爾小生，八九子，佳作仁，可知禮。」這番話由來已久，起碼宋朝已見記載。許多老師都解不通這段文字，只知道這位上大人是指孔子。這段文字不知是何人所創，明顯是拿一批筆畫少的字讓孩子容易臨寫。

直到明朝的祝枝山，就是《唐伯虎點秋香》戲裏唐寅的好友之一，為它重新斷句，說是孔子寫給他父親的信：「上大人（稟告父親大人），孔（自稱），乙（ ）己化三千七十士爾（我一人教化了三千個學生包括七十個賢才這樣的工作），小生八九子佳（八九等於七十二個較出色的），作仁可知禮（他們的行事仁與禮能相互為用）。」這說法十分勉強，不必當真。

這「孔乙己」卻成了魯迅小說中的人物，因為他姓孔，說話之乎者也，人們就替他取了個綽號叫孔乙己，是從描紅本子上搬來的。魯迅筆下對孔乙己的悲劇人生寄予同情，文章的結束處他相信孔乙己已經死了。在魯迅逝世八十年後的今天，孔乙己常到的咸亨酒店作為名勝景點仍在營業。

至於教師這一行的祖師爺孔子，他作為老師有許許多多有趣的故事，我會在後面向大家一一道來。

## 延伸閱讀

〈孔乙己〉短篇小說，魯迅著。最早發表於1919年4月《新青年》第六卷第四號，後收入《吶喊》短篇小說集。

## 二

# 「我的志願」

老師喜歡出的作文題目之一是〈我的志願〉，在從前，被欣賞的志願要大，所謂大，可以從宋朝汪洙創作的〈神童詩〉中看到，例如：

**自小多才學，平生志氣高。**

別人懷寶劍，我有筆如刀。
朝為田舍郎，暮登天子堂。
將相本無種，男兒當自強。
慷慨丈夫志，生當忠孝門。
為官須作相，及第必爭先。（節錄）

無非是為官作相，揚眉吐氣，光宗耀祖。

人們還想一早窺探到孩子將來的志向，有一種「抓周」的習俗。《紅樓夢》第二回，寫賈政想知道兒子寶玉的志向，便在他誕生百日那天，依舊俗放置無數物件任他抓取。你猜寶玉對什麼有興趣？他什麼也不要，只抓脂粉釵環一類女性用物。這使賈政又失望又憤怒，說這孩子「將來酒色之徒耳」。

人們又重視孩子的「少作」，說從他們最初的作品中可看到他們將來的作為。據說毛澤東十六歲時寫了一首詩〈詠蛙〉：

**獨坐池塘如虎踞，綠蔭樹下養精神。**
**春來我不先開口，哪個蟲兒敢作聲？**

比對中國在他統治下萬馬齊喑的局面，不由你不相信真有預兆這回事。

現代的老師已摒除做「人上人」的舊觀念，灌輸職業平等、為社會服務最光榮的意識，於是學生作文的志願變成要做警察、消防員、護士、醫生，也沒有忘了做教師，使我這個為師的大感安慰。

作為老師，孔子也想了解學生的志向，《論語》中他不止一次要學生「述志」，我欣賞的是〈先進〉篇那趟：

那天學生子路、曾晳、冉有、公西華陪孔子閒坐，孔子說：「我老了，沒有人用我了，你們平日抱怨別人不了解你，假如現在有人了解你，請你出山，你們怎辦呢？」

他沒有預設什麼前提，鼓勵大家自由發言，做得對。

子路說要用三年時間振興一個內憂外患的國家，冉有說要使人民生活富足，不過他只有信心服務一個較小的國家，公西華說要學習在國際盟約中擔任司儀官。孔子聽了都沒有表示意見，因為大家都是講述自己的志向嘛，無須分對錯。

最後他問曾皙：「你又如何？」曾皙說：

「我只想暮春時節，換上輕鬆的春裝，陪同五六位年輕人，六七個小孩，在沂水裏洗洗澡，舞雩台上吹吹風，一路唱歌，一路走回家。」

孔子聽了，好像陶醉在這自由、愉快、釋放的情景中，長歎一聲說：「我跟你所想的一樣呀！」

雖然在曾皙的追問下，孔子對三個弟子的說法提了些補充意見，但沒有當着他們的面說，充分表現了對「人各有志」的尊重。而他自己的選擇也擺脫了「治國平天下」那一套，回歸人性的自然。孔老先生覺悟了，而且無意在學生面前隱瞞，所以我說他是一位可愛的老師。

他的可愛不止如此，請你再看下面的故事。

## 原文摘錄

（曾皙）對曰：「異乎三子者之撰。」子曰：「何傷乎？亦各言其志也。」曰：「莫（暮）春者，春服既成。冠者五六人，童子六七人，浴乎沂，風乎舞雩，詠而歸。」夫子喟然歎曰：「吾與點（曾點，即曾皙）也！」

《論語・先進》

# 三 大杖則走

各位，上一篇孔子欣賞的曾皙，又名曾點，想不到他是個「家暴」的行兇者，如果在今天，他隨時吃官司。

他的兒了曾參，也是孔子的學生。父子同一個老師，很是難得。阿濃教書近四十年，父子都是我學生的還沒有遇上。

曾參以「孝」著稱，他把「孝」提高到治國平天下的根本。兩種鼓吹孝道、影響最大的教材《孝經》和《二十四孝》，前者司馬遷認為是曾參所著(註)，後者曾參也被作為樣板，名列其中。

但就是這個孝順兒子，惹得他老師孔子生了氣，還斥責他不孝，為什麼會這樣呢？

那天曾參在瓜田裏鋤草，一不小心，弄斷了瓜蔓的根。他父親曾皙十分生氣，隨手拿起一根大棍子照頭就打。曾參被打得暈倒地上，救了很久才蘇醒。醒來後他不但不怪責父親，還向他道歉。他看到父親不安的神色，就回到房間裏，又是彈琴，又是唱歌，好讓父親知道他已經沒事，無須擔心。阿濃說：這樣的孝順兒子世間難尋！

誰知他們父子倆的老師孔子知道了這件事卻十分生氣，對其他學生說：「曾參來上課，別讓他進屋！」

曾參以為自己沒有錯，請同學代他詢問：錯在哪裏？

孔子說：「你去問問這個愚蠢的傢伙，有沒有聽過舜的故事？舜的父親瞽叟，對舜很不公平，但瞽叟想舜為他做事時，舜總是一叫就到。到瞽叟想殺害他時，舜卻不知躲到哪裏去了。小的懲罰他就承受，出到大杖他就逃走，為什麼？免得父親成為不義的父親呀，也免得父親犯了殺人罪，這才是真正的孝道。」

曾參聽了老師這番話，出了一身冷汗，立即去向孔子謝罪，說自己知錯了。

從這個故事我們知道任何事不能走向極端，曾參的孝走到極端便成愚孝，孔子看到這一點，要儆醒他，可知他是一個高智慧的師長。

在流傳極廣的《二十四孝》故事中，用現代眼光看來，倒有一大半是愚孝，還夾雜迷信成分。試想那個殘忍兼愚蠢的郭巨，因為想省下口糧奉養母親，竟去活埋三歲的兒子，結果挖掘出上天賜給他的黃金，才挽救了一條小命。誰要是去學他，黃金一定挖不到，殺嬰罪卻是犯定了。還有那個沒有醫學知識的庾黔婁，竟然去嘗父親糞便的味道，來判斷父親病情的輕重。如果是傳染病，他就同時中招了，真是愚不可及。這些愚民教材，差到無法改寫，卻被傳播了多個朝代，實在是一種悲哀。

倒是那本《孝經》，水平高了很多。作為老師，有不少章節，可以跟同學們討論。

譬如說「身體髮膚，受之父母，不敢毀傷。」你能不能說：「身體是我的，我有權自由處置，與他人無關」呢？

譬如說「立身行道，揚名於後世，以顯父母，孝之終也。」那麼我們只是做一個寂寂無聞的普通人，是不是就不夠孝順呢？

不過《孝經》的第十五章〈諫諍〉我卻是十分同意的。它說從前天子、諸侯、大夫都設有負責諍諫的「爭臣」，讀書人也有「爭友」。這就使他們即使做錯了事，也有挽救的餘地。因此它說，做父親的如果有「爭子」，就可免得陷於不義。所以當面對不義時，兒子不可不諍諫父親，臣子不可不諍諫國君，一味的順從怎算得是孝呢？

古代的統治者希望通過孝道來鞏固他們的統治，現代的當權者應該從這第十五章明白，許多異見者其實是在盡他們諍諫的責任，他們才是真正的愛國者。

註：有關《孝經》的作者，班固認為是孔子所作，司馬遷認為曾參所作，另外還有多種説法，當代學者楊伯峻、胡平生認為是曾參弟子樂正子春的弟子或再傳弟子所作。

## 原文摘錄

曾子耘瓜，誤斬其根。曾晳怒，建大杖以擊其背，曾子仆地而不知人久之。有頃乃蘇，欣然而起，進於曾晳曰：「嚮也參得罪於大人，大人用力教參，得無疾乎？」退而就房，援琴而歌，欲令曾晳而聞之，知其體康也。孔子聞之而怒，告門弟子曰：「參來，勿內。」曾參自以為無罪，使人請於孔子。子曰：「汝不聞乎？昔瞽叟有子曰舜，舜之事瞽叟，欲使之，未嘗不在於側；索而殺之，未嘗可得。小棰則待過，大杖則逃走，故瞽叟不犯不父之罪，而舜不失烝烝之孝。今參事父，委身以待暴怒，殪而不避，既身死而陷父於不義，其不孝孰大焉！汝非天子之民也，殺天子之民，其罪奚若？」曾參聞之，曰：「參罪大矣！」遂造孔子而謝過。

《孔子家語・六本》

# 四 朽木不可雕？

各位，作為老師，孔子也會生氣。最嚴厲的那次，是因為學生冉有（又名冉求）協助貴族季氏聚斂財富，他說：「（冉求）非吾徒也，小子（同學們）鳴鼓而攻之可也！」不但不認他是學生，還要大家敲鑼打鼓的聲討他，可以想像他老人家當時是「吹鬚碌眼」了。

另一個被他老人家嚴厲責備的是宰予（又名宰我），我卻覺得是有點過分了。宰予上課遲到了，因為他大白天睡着了。這在今天實在慣見，許多同學夜間不睡，白天在課堂時也會睡着。孔老夫子卻因此發了脾氣，說：「朽木不可雕也，糞土之牆不可杇（音烏，粉刷的意思）也！」用現代的話來說是「這件垃圾沒救了！」這是多麼傷害學生自尊的話呀，現代的老師是應引以為戒的。

孔老夫子還繼續感歎說：「以前人家說什麼我就相信他會做什麼，如今人家說什麼我還要看他真的做什麼，這是宰予令我作出這種改變的！」他認為宰予太可惡了。

宰予其實是一個聰明又敢於懷疑的學生，老師的話他不是聽了算，還敢於懷疑敢於問。這使我記起教小學生成語故事〈鷸蚌相爭〉，講到鷸鳥被蚌鉗住了嘴，牠說：「今日不雨，明日不雨，即有死蚌」，便有學生舉手問：「鷸鳥被鉗住嘴怎麼能講話呢？」這使我花了好一番唇舌，才勉強解答了這問題，但我十分欣賞這能疑的學生。

記得中學時老師教馮延巳的〈謁金門〉，其中有兩句：「鬥鴨闌干獨倚，碧玉搔頭斜墜」，老師解作在園中欣賞鬥鴨，下課後我向同學提出不同意見，認為「鬥鴨闌干」是一種有雕飾的闌干，跟「碧玉搔頭」（搔頭是一種頭飾）相對，因此並沒有真的觀看鬥鴨，在同學們慫恿下一同去找老師提出質疑。

宰予對老師的質疑見之《論語》的〈雍也〉篇，宰予問孔子：「如果有人告訴一位仁者，有人掉進井裏，他該不該下井去救呢？去救，他可能也會淹死；如果不救，便是見死不救犯了不仁之過，那麼該怎辦呢？」

宰予又對子女為父母之喪守孝三年的通例提出質疑（見〈陽貨〉篇），他問老師：

「父母去世，如果守孝三年，不去做禮樂的事，不怕禮崩樂壞嗎？其實時序變化，周而復始，一年一循環，因此新舊更替，一年的守孝應已足夠。」

孔子說：「那麼父母死後不到三年，你吃大米飯，穿絲織的錦，能安心嗎？」想不到宰我居然說：「安！」

孔子心裏有氣說：「既然你安心，那你就去做吧！」懶得跟他爭論了。但在宰予離開後，他說：「這個不仁的傢伙！一個孩子出生後三年都在父母懷抱之中，你宰予對父母有三年的愛護嗎？」

以今日的眼光來看守孝，一年已是足夠，宰予懂得比我們早而已。

倒是宰予對老師的描述卻是精彩而務實的，他出使楚國，楚王想送孔子一輛車，宰予替老師辭謝，他說：「自臣侍從夫子以來，竊見其言不離道，動不違仁，貴義尚德，清素好儉……若夫觀目之麗靡，窈窕之淫音，夫子過之弗之視，遇之弗之聽也。故臣知夫子之無用此車也。」夫子如此遠奢華、尚儉樸，當然用不着你的「勞斯萊斯」。

他回來把這番話告訴孔子，孔子問其他同學的意見，子貢說他說得還不夠好，只是說了些老實話。孔子說：老實話才得人相信嘛！

看來孔子雖然有時會被這個「問題」學生氣壞，對他的善於說辭還是欣賞的。他曾評價說：「德行：顏淵、閔子騫、冉伯牛、仲弓。言語：宰我、子貢。政事：冉有、季路。文學：子游、子夏。」（見《論語．先進》）老師並不真的當他是「朽木」。

孔子有時也會説錯話，我們下次再講。

# 原文摘錄

宰我問：「三年之喪，期已久矣。君子三年不為禮，禮必壞；三年不為樂，樂必崩。舊穀既沒，新穀既升，鑽燧改火，期可已矣。」子曰：「食夫稻，衣夫錦，於女安乎？」曰：「安。」「女安則為之！夫君子之居喪，食旨不甘，聞樂不樂，居處不安，故不為也。今女安，則為之！」宰我出。子曰：「予（宰我）之不仁也！子生三年，然後免於父母之懷。夫三年之喪，天下之通喪也。予（宰我）也，有三年之愛於其父母乎？」

《論語．陽貨》

## 五

# 「苟有過，人必知之」

各位，有一句俗語：「聖人都有錯。」的確，被封「至聖先師」的孔子也一樣。

作為老師，在學生面前犯了錯，甚至被學生當面指出，的確有點尷尬。

他的學生子貢對此說：「君子之過也，如日月之食焉。過也，人皆見之。更也，人皆仰之。」（《論語．子張》）意思是說君子犯了過錯，就好像日蝕和月蝕，大家都看到。但當他改過之後，大家又再景仰他，佩服他。

孔子說：「過而不改，是謂過矣。」（《論語．衞靈公》）也就是說，重要的是改過，不改過就錯定了。

《論語》中孔子說錯話、做錯事的記載並不多，偶爾有了，他是怎樣面對的呢？

一次是一個叫陳司敗的問孔子：「魯昭公懂不懂禮呀？」孔子隨口就答：「懂禮。」

孔子離開後，陳司敗對孔子的學生巫馬（複姓）期說：「我還以為君子不會偏袒人呢，原來君子一樣會偏袒的。禮法規定同姓不能聯姻，魯昭公卻娶了吳國同姓的公主，孔子仍說他知禮，這不是偏袒魯昭公嗎？如果這位魯昭公也算知禮，世上還有誰不知禮呢！」

巫馬期把陳司敗的話告訴孔子，孔子沒有替自己辯護，或許也無法辯護，就乾笑（阿濃想像）說：「我孔丘運氣真好，一有過錯，人家總會知道。」

這「運氣好」之說，偏袒孔子的人以此吹捧孔子不怕承認錯誤，還認為有人批評他是自己的幸運。我卻似乎看到孔子說這話時的苦笑，歎息做一個名人真不容易：講錯一句話也被人抓住不放。

孔子的一位高足叫子游，他二十多歲就做了山東武城地方官，有意實踐老師的理想，注重以禮樂來教導百姓。武城本是一個鄙陋的小地方，在子游的努力帶引下，取得了很好的成績，便邀請老師來參觀。

老師坐車進城，見街道整潔，市面繁盛，秩序良好，而且不時聽到吟誦弦歌之聲，他微微一笑說：「割雞焉用牛刀！」（《論語．陽貨》）意思說：「這麼個小地方，值不值得花這麼大氣力呀！」用廣東俗語說是「使唔使咁大陣仗呀！」本來抱着熱望，以為老師會稱讚的子游如一盆冷水澆頭，便回答說：「弟子聽老師說過，在上位的君子學習禮樂就懂得愛護百姓，在下位的平民學習禮樂就容易跟政府合作做事。」意思說地方不論大小，人物不論高低，學習禮樂總是有益處的。孔子一聽，自己的確這樣說過。即使小地方的平民，有機會學習禮樂總是好事，是自己嘴快說錯了。他立即對同來的學生說：「同學們，子游說得對，我剛才只不過跟他開玩笑罷了（前言戲之耳）。」

各位，我們可聽不出孔子剛才有開玩笑的意思，看來他對承認錯誤還是有難度的。

最有爭拗的一件事要數「子見南子」了（見《論語．雍也》和《史記．孔子世家》）。南子是衞靈公的夫人，名聲不大好。孔子到了衞國，想見衞靈公，看能不能在政治上有所作為。這時衞靈公的夫人南子卻派使者來對孔子說，所有想見衞靈公的四方君子都得先見靈公夫人，靈公夫人很想見見孔先生。

孔子也曾推辭過，但南子一再邀請，孔子推卻不了，只得應邀前往。

見面時，夫人身處葛布的帷幕後，兩人互相拜見，恭敬行禮。孔子但聽到她身上的佩玉發出清脆的聲音。兩人說了些什麼，書上沒有記載。

孔子出來後，他的學生子路怒形於色，給面色老師看。孔子說：「本來我也推辭了嘛，見她也不過是禮貌的拜會。」子路似乎不接受老師的解釋，還在那裏發脾氣。孔子氣急之下發誓道：「予所不者，天厭之！天厭之！」注意，這裏說了兩次『天厭之！』，把孔子當時氣急的語氣都表露出來了。至於孔子這幾句話怎樣解釋，卻是人言人殊。我選其中一種：「如我存有不良心思，就讓上天厭棄我吧！就讓上天厭棄我吧！」更有生動的演繹：「如我心邪，天打雷劈！天打雷劈！」

本來孔子見南子的事件如到此為止，一切合乎禮法，並沒有什麼可議論的。誰知個多月之後，衞靈公邀請孔子出遊，他跟夫人南子由宦者雍渠陪着坐第一輛車，孔子坐第二輛車，招搖過市（這句成語就是這樣來的），炫耀他的權勢，炫耀他的豔福，炫耀有學問的君子也被他招攬在側。孔子成為一個昏君的「花瓶」，當然大感恥辱，恨不得地下有縫可鑽。他恨恨地說：「吾未見好德如好色者也！」這句話難譯，意思應該是：好色他就有份，好德別指望他。

孔子不想在衞國繼續受辱，終於離開衞國到曹國去。這件事說明子路的看法比他正確，可是書上沒有記載他對此事的悔疚，也不知道他可曾對子路說過什麼承認判斷有失的話。想不到後來子路竟死於衞國的宮廷鬥爭中，這是誰也想不到的。

從這三個例子中知道作為一向正確、被視為聖人的老師，即使知道有錯就要認，實行起來還是有點難度的。不過聖人也是人，我們對此還是不難理解的。

## 原文摘錄

靈公夫人有南子者，使人謂孔子曰：「四方之君子不辱，欲與寡君為兄弟者，必見寡小君。寡小君願見。」孔子辭謝，不得已而見之。夫人在絺帷中。孔子入門，北面稽首。夫人自帷中再拜，環珮玉聲璆然。孔子曰：「吾鄉為弗見，見之禮答焉。」子路不說。孔子矢之曰：「予所不者，天厭之！天厭之！」居衛月餘，靈公與夫人同車，宦者雍渠參乘，出，使孔子為次乘，招搖市過之。孔子曰：「吾未見好德如好色者也。」於是醜之，去衛，過曹。

《史記・孔子世家》

# 六　得天下英才而教育之

各位，如果要你舉出人生三件快樂的事，你會怎樣選擇呢？中國歷史上教師地位僅次於孔老先生的是被稱為亞聖的孟子，他認定的君子三件樂事是：「父母俱存，兄弟無故，一樂也。仰不愧於天，俯不怍於人，二樂也。得天下英才而教育之，三樂也。」

爸爸媽媽都健康，兄弟姐妹都安好，天倫之樂融融，當然是人生樂事。一生沒有做一件問心有愧的事，坦坦蕩蕩，輕輕鬆鬆，多麼的難得！這兩件快樂的事大家都會同意，第三件卻是想做老師，而且要教精英班，這就不是人人所想了。如今做老師的都慨歎學生難教，大學生算精英了吧？課堂裏打機、睡覺、吃東西、聊天，網上抄書交功課，不當老師是一回事。做教師能感到快樂，可遇不可求。

其實在現實中，孟子也跟孔子一樣，收學生並不設限，不用連夜排隊拿報名紙，不用捐一筆錢做基金，不用找人寫請託書。

《孟子．盡心下》有這樣一件事：孟子帶了一大班學生到了滕國，在上宮地方講課。一班後生嘰嘰呱呱，笑語無禁，地下滿是西瓜皮、花生殼，茅廁裏黃白滿地，無落腳處。旅館一位舊住客，放了一對未織好的草鞋在窗台上晾着，到他想拿回去時卻不見了。他找了一番找不到，就婉轉地向孟子打聽：「我晾着的一對草鞋不見了，不會是您帶來的這班小夥子拿走了吧？」

孟子的尊嚴受到傷害，就嚴正地回答說：「你以為他們長途跋涉是為偷鞋而來的嗎？」

這人感覺到這位老師的不滿，但草鞋的確不見了，這是從前未發生過的事，而且看這班後生的德性……便也話中有話的說：「先生，我只是多嘴問問。我見先生收學生來者不拒，想走的也由他走。阿貓阿狗，一律照收，都是些什麼人，恐怕您老也未必清楚吧？」

孟老夫子見那班學生喧嘩打鬧，也不見有誰是英才，有人頑皮偷了草鞋絕不奇怪，也就不作聲了。

從這件事可知孟子收學生確是隨便了些，孔子門下七十二高徒個個有名有姓，孟子的學生最有名氣的只是萬章和公孫丑，還是靠《孟子》這本書有他們的篇章才使他們有了知名度。

公孫丑發覺很多同學因資質所限，學習的成績不理想，就對老師說：「老師講授的道理太高深、太美妙了，可是要領悟還真的難若登天，高不可攀。可不可以……唔，把水平降低一些，讓大家覺得可以跟得上而不會放棄，保持學習的信心呢？」

孟子回答說：「高明的師傅不會因為徒弟笨就改變規矩和要求，神箭手后羿也不會因徒弟沒本事改變拉弓的準則。好的老師把弓拉滿，做一個想射的樣子，卻不真的射出，讓學生看到怎樣才是正確的姿勢，好好的跟上來。」

由此看來，孟子收生雖不嚴格，教學質素卻絕不降低。

公孫丑和孟子都有道理，一個是面對現實要從權變通，一個是堅持高水平教學，不向現實低頭。

不過讀孟子説的另一個故事，知道孟子極重視學生的人品，收了人品不好的學生，又不能將他們教好，老師也有責任，這就留待以後再講了。

## 原文摘錄

公孫丑曰：「道則高矣，美矣，宜若登天然，似不可及也。何不使彼為可幾及而日孳孳也？」

（幾，音機。孳孳，不倦地追求。）

孟子曰：「大匠不為拙工改廢繩墨，羿不為拙射變其彀率。君子引而不發，躍如也。中道而立，能者從之。」

（彀，古候反。率，音律。彀率，彎弓的規矩。引，引弓。）

發，發矢。躍如，如踴躍而出。中道，無過無不及。）

《孟子·盡心上》

## 七

# 「予豈好辯哉？」

各位，讀《孟子》有一個印象，就是孟子喜歡辯論，他雄辯滔滔，經常有出人意料的特殊見解。在古代，孟子是聖人，聖人的話總是對的，大家照單全收。但到了今天，學貴有疑，聖人的話我們一樣要存疑。何況時代變了，當年的金科玉律，今日可能已不合時宜。

孟子好辯在當年已是普遍印象，所以有一天他的學生公都子問：「老師呀，外人都說先生您喜歡辯論，為什麼會這樣呢？」

孟子回答說：「我哪裏喜歡辯論？我是不得不辯呀！」跟着說出一番大道理，包括要「正人心，息邪說，距詖行（詖音卑，偏激的行為），放淫辭（駁斥荒唐的言論）」，最後還要重複一次：「予豈好辯哉？予不得已也。」

孟子與他的學生之間也常有辯論，可能他把這當做學習方法之一。在《孟子》中，我們不難找到這樣的例子。

一個叫陳臻的學生問老師：「過去在齊國，齊王封了一封大利是給你，有一百鎰（一鎰等於二十兩，一筆很大的錢），您拒絕了。後來在宋國的時候，送您七十鎰，您收下了；在薛國時，送你五十鎰，您也收下了。如果過去的拒收是對的，那麼後來的接受是錯的了；如果後來的接受是對的，那麼以前的拒收是錯的了。兩者之中，老師一定有一次做錯了。」

看來這學生相當厲害，就是要在老師前後不一的態度中，讓老師承認有錯。可是孟子說：「兩次都對。」為什麼呢？

他說：「在宋國時，我將有遠行，對遠行的人送上盤川，我為什麼不要？在薛國的時候，因為聽說路上有危險，他們送錢給我們買兵器戒備。既然有這樣的需要，我沒有理由不接受。可是到了齊國，齊王無端送錢給我，那不是想收買我嗎？哪有君子可以被當做貨收買的？拒絕不是很應當嗎？」

在〈萬章〉那一章，學生萬章根據歷史和傳說問了一些更難回答的問題。這些問題主要是關於堯和舜兩位聖君的，那時代認為他們所做的一切都是典範，萬章卻大膽提出質疑。

萬章問：「據說舜在田裏工作時，一面哭一面向天訴苦，為什麼會這樣呢？」

孟子說：「怨慕也。（既怨恨，又懷戀。）」

萬章問：「曾子說過，父母喜愛我們，我們高興，但不會忘記我們應盡的孝道；父母不喜歡我們，我們一樣努力工作，心中不存怨恨。那麼，舜為什麼會怨恨父母呢？」

孟子說：「這個問題長息也問過他老師公明高，公明高說：你不明白了，父母愛不愛自己，一個孝順兒子是不能滿不在乎的。堯帝對他那麼好，培養他做接班人，派子女和百官陪他耕作，連兩個美麗的女兒都嫁給了他，讓他又富又貴，連天下都有了，可是他仍覺遺憾、傷心，因為他得不着父母的愛。只有最孝順的人才會終身懷戀父母，當時舜已經五十歲啦，還這麼在乎父母的愛，他真是個孝順兒子呀！」

孟子的意思是舜不是怨恨父母，而是怨恨自己得不到父母的愛，即使擁有天下，也不能補償此缺憾。

萬章又問：「《詩經》上有說：『娶妻如之何？必告父母。』為什麼舜不告而娶呢？」

舜娶了堯的兩個女兒娥皇和女英，但沒有告訴父親瞽叟，這是事實。

孟子說：「舜有苦衷，他如果告訴父母，一定遭到反對，便娶不成。而婚姻是人生倫常之一，舜便缺失了這一項。那時難免怨懟父母，關係更差，倒不如不報告了。」

看來孟子也不是一成不變的人，起碼他識得兩害取其輕。

萬章再問：「舜的弟弟象，整天想謀害哥哥，舜做了天子之後，僅僅把他流放，是嗎？」

孟子說：「其實是給他封地，有人說是流放罷了。」

萬章說：「那更不公道了。舜流放共工去幽州，流放驩兜到崇山，在三危殺了三苗，在羽山殺了鯀。懲處了這四大罪犯，天下便歸服了。但是像象這樣的壞人，卻把他封到有庳（今湖南省道縣北）去，這對有庳的百姓公道嗎？難道一個賢君是這樣的嗎？對別人就加以懲處，對自己的弟弟就封給他土地？」

萬章這番話說得理直氣壯，阿濃要為他鼓掌。以下是孟子的回答，老實說我不同意。這說明即使是大辯論家也不能把曲說成直，而我們讀書也不要以為老師說的一定比學生有道理。孟子是怎樣說的呢？他說：

「一個仁人對於弟弟，不把憤怒藏在心裏，不把怨恨留在胸中，只知親他愛他，所以要他富，要他貴，要封地給他。本人做了天子，弟弟卻是平民，這說不過去嘛！至於他的封地有庳，舜會派官吏去治理，去徵收糧稅，不會容許他對百姓暴虐。」

這番話在今天看來，不是依法理辦事，對家人與對外人有兩套標準，既不公平，也不公正，使《孟子》中申述的民主、民權思想大為失色。說明古人，哪怕是封為聖人，一言而為天下法，還是有他的局限。《孟子》中沒有講述萬章對這番話的回應，我們有理由相信，他是不以為然的。當然孟子也有不少在今天看來仍是極有見地的見解，在那個年代是很難得的，那就要在下一節向大家介紹了。

# 八「一心以為有鴻鵠將至」

各位，孟子是一位有經驗的老師，他當然知道學習成敗的關鍵。在〈告子上〉中，提了兩點，這兩點都成為成語，至今我們仍時常使用。

第一句是「一暴十寒」，這個「暴」等同「曝」，讀作「僕」，曬太陽的意思。孟子說，那些國君沒有用仁愛治國的智慧，其實我也有責任。就算是一種最容易生長的植物，讓它在陽光下曬一天，然後冷凍它十天，還能生存嗎？我跟那些國君相見的次數也太少了，我退居在家裏，對他們十分冷淡，就算他們曾經因為我而萌生了向善的心，長期冷落之後，還能有什麼作為呢？

同學們，我們有時受到老師或朋友的激勵，也想好好用功。有時在一年或一個學期的開始，或是生日那天，也會自己許個願望，立志上進；或許真的用功了幾天，但是一遇上困難，或者被一些有趣的事物引誘，就會漸漸懈怠下來，很久都不能恢復鬥志，這就是「一暴十寒」，是學習的大忌。

怎樣才可以維持學習的熱忱，一直堅持下去呢？說來話長，我只能簡單列出幾點：一要立志，二要有計劃，三要有朋友互相督促。

第二句是「一心以為有鴻鵠將至」，孟子隨意舉了一個例，不是真事，假設而已。他說如果讓下棋聖手弈秋來教兩個學生，一個很專心，老師所說每個字每句話都記在心中。另一個呢？人也坐在那裏，像是聽講的樣子，其實心裏正想着有一隻天鵝飛來，他挽弓拉箭對牠瞄準，想射下來做燒鵝吃，老師說什麼根本沒聽見。你說兩人的成績誰會比較好呢？

上課的時候不專心，是同學們的通病，玩手機的有，看漫畫的有，發白日夢的有，枉費了老師的講解，這是學生成績有差異的最根本原因。

不少同學害怕學習外語，想不到孟子對此也有一套理論，而且符合現代的看法，是一種經驗之談。那時是戰國時代，真所謂「七國咁亂」。各國的語言並不統一，學習他國語言有其需要，會講外國話搵工也容易好多嘛。有一天，孟子跟一名叫戴不勝的宋國官員，討論環境對君王治國態度的影響。他問戴不勝：「有一個楚國大夫，想兒子學習齊國話，他應該跟齊國老師還是楚國老師學習呢？」戴不勝說：「跟齊國老師會好些。」

這當然啦，今日我們從外國聘請母語是英語的老師來香港教英語，也是同一道理。雖然由本地老師教英語一樣可以有好成績，只是沒有那麼地道而已。

孟子又說：「如果由一位齊國老師教齊語，卻有一大班本國人不停對他講楚語，我看哪怕你拿着戒方天天打他手板，他也學不好齊國話。相反，你送這孩子去齊國最熱鬧的莊街和嶽里住上幾年，哪怕你天天用戒尺打他，他也不會跟你講楚國話了。」

我們今天已經知道語言環境對學習語言的重要，孩子要快速有效的學習一種語言，最好是往那個國家留學，當然也要家庭經濟條件許可。

在《孟子．盡心下》孟夫子說了一番話我很欣賞，聽他的語氣肯定不是對君王或官兒們說的，應該是對學生說的。他說：「我們向那些大人先生進言，就得藐視他們，別把他們當回事，這些人有什麼了不起！他們的殿堂又高又大，畫棟雕樑，那又怎樣？我如得志，肯定不會這樣做！他們吃一餐飯，鮑參翅肚擺滿幾十桌，侍妾幾百人陪着，我如得志，肯定不會這樣做！他們飲酒作樂，跑馬打獵，千百輛車子跟隨着，我如得志，肯定不會這樣做！他們所作所為我都不屑做，而我的行事都以古代君子為典範。你說，我們為什麼要害怕他們？」

這番話教導了學生要有正大的志氣，要有不畏權貴的勇氣，說得好！

## 原文摘錄

孟子曰：「說大人，則藐之，勿視其巍巍然。堂高數仞，榱題數尺，我得志弗為也；食前方丈，侍妾數百人，我得志弗為也；般樂飲酒，驅騁田獵，後車千乘，我得志弗為也。在彼者，皆我所不為也；在我者，皆古之制也，吾何畏彼哉！」

《孟子．盡心下》

# 九 羿亦有罪

這是本書唯一有關壞學生的故事。

一個古代傳說，神箭手后羿收了一個得意門生，名叫逢蒙。這小夥子眼界好，臂力強，學習專心，人又聰明。在多次射術比賽中他都獲得神箭手的榮耀。人們說起箭術時，都說天下最強的高手要數后羿、逢蒙兩師徒了。

后羿為此很高興，逢蒙卻有點不甘心，認為自己的箭術跟師傅一樣好，名氣卻被師傅蓋住。他想：如果沒有后羿，我便是天下第一。

一個陰謀在暗中醞釀，終於等到師傅獨自去山林打獵，逢蒙躲在一棵樹後面，彎弓搭箭，向后羿射去。后羿聽到弓弦響，回身就是一箭，兩箭空中相交，掉下地去。此時逢蒙第二箭又到，再被后羿對射落地。就這樣連續十次，后羿箭囊已空，逢蒙還有一枝箭。

逢蒙弓如滿月，瞄準后羿咽喉射去，但見后羿中箭，仰天倒下。逢蒙大喜，上前拾箭，卻見后羿把箭從口中吐出，哈哈笑道，這個「嚙箭術」還未教你！

逢蒙大驚，立即跪下求饒，叩頭磕出血來。后羿心軟又憐才，終於寬恕了他。

想不到黑心腸的逢蒙並沒有悔改，他削尖了一根桃木棍，說是作挑獵物之用。在一次陪后羿打獵的時候，從背後襲擊后羿，殺死了他的恩師。

但是孟子說：這件不幸的事后羿也有罪！

比孟子輩分還要高的儒家弟子公明儀，就是那位「對牛彈琴」故事的主角，聽了不禁抓頭：「后羿被學生殺了，你還說他有罪？不見得吧！」

孟子說：「不是大罪，卻總是有罪。」

跟着他說了另一個故事。

鄭國派子濯孺子攻打衛國，失敗了。衛國派庾公之斯追殺他。子濯孺子說：「我這次死定了！因為我風濕發作（阿濃猜他不是風濕便是『五十肩』），連弓都拿不住。」他問手下：「可知道是誰人追我？」手下說：「庾公之斯。」子濯孺子歡喜道：

「我有救了！」手下說：「庾公之斯可是神箭手，為什麼你說有救？」

子濯孺子說出一番道理來：「庾公之斯跟尹公之他學射箭，尹公之他跟我學射箭，所以我是他師傅的師傅。尹公之他人品好，他的學生也不會差。」

不久，庾公之斯追上來了，見子濯孺子赤手空拳，問道：「先生你為什麼不執弓？」子濯孺子回答道：「我風濕發作，無法執弓。」庾公之斯說：「你是我師傅的師傅，我不忍心拿你的技巧反過來害你！不過這是公事，我不能不表示一下。」他抽出一根箭，向車輪敲了幾下，拔掉箭頭，隨意射出四枝箭，就回去了。

子濯孺子的估計沒有錯，好品格的人跟好品格的人結交。孟子沒有多說，他用這個故事說明后羿既無知人之明，又沒有培養好學生的品德，因此他也要負部分責任。

## 原文摘錄

逢蒙學射于羿，盡羿之道，思天下惟羿為愈己，於是殺羿。

孟子曰：「是羿亦有罪焉。」

公明儀曰：「宜若無罪焉。」

曰：「薄乎云爾，惡得無罪？鄭人使子濯孺子侵衛，衛使庾公之斯追之，子濯孺子曰：『今日我疾作，不可以執弓，吾死矣夫！』問其僕曰：『追我者誰也？』其僕曰：『庾公之斯也。』曰：『吾生矣。』其僕曰：『庾公之斯，衛之善射者也。夫子曰

「吾生」，何謂也？』曰：『庾公之斯學射於尹公之他，尹公之他學射於我。夫尹公之他，端人也，其取友必端矣。』庾公之斯至，曰：『夫子何為不執弓？』曰：『今日我疾作，不可以執弓。』曰：『小人學射於尹公之他，尹公之他學射於夫子。我不忍以夫子之道，反害夫子。雖然，今日之事，君事也，我不敢廢。』抽矢扣輪，去其金，發乘（解「四」）矢而後反。」

《孟子・離婁下》

# 十 材與不材之間

各位，孔子有很多學生，孟子也不少。說到議論縱橫，其學術影響後世極大的莊子，究竟有沒有學生，竟是一個疑問。《莊子》一書正式提及弟子的只得一處，而且沒有寫出弟子的名字。後世自詡為莊子學說傳人的很多，而我們竟不能說出任何一個莊子真正學生的名字來，也算是一件奇事。

這唯一點明莊子有弟子的文字出在〈山木〉篇，看來這弟子也不是一個「符碌」的人，不是老師說什麼他就信什麼，他聽了之後會思考，想不通會問。

話說有一大莊子帶着一班學生去 field trip，所謂「田野考察」，別以為這是什麼來自西方的新教育實踐方法，我們戰國時代已經有老師在做。

師徒們來到一處大樹林，綠蔭深深，正有一班伐木工人在伐樹。利斧到處，木屑紛飛。一棵棵大樹在喝叱聲中轟然倒地，林中已是「屍」橫遍地。但他們卻看到一棵最大的樹，枝葉十分茂盛，巍然聳立在那裏，伐木工人在旁邊忙碌地工作，對這棵樹卻好像視而不見。

便有那好事的學生上前問：「這麼大的一棵樹，你們為什麼不斷伐呢？」

伐木工人笑着說：「別看它好一副模樣，它的木質卻不適合作任何用途，白白浪費了砍伐和運輸的氣力，所以從來沒有人看上它。」

莊子聽了，覺得很能配合他的人生哲理，就清一清喉嚨朗聲說：「同學們，記住，這棵神木就因為他的無用造就了它得享天年。」

考察完畢，莊子帶着學生到附近一位老朋友家歇宿一宵。這老朋友是莊子的忠實粉絲，見他們來到十分歡喜。知道他們不曾吃飯，就叫那打工的小夥子殺隻鵝招待客人。小夥子問：「家裏有兩隻鵝，一隻會叫，一隻不會叫，殺哪一隻呢？」主人說：「殺那隻不會叫的。」鵝的味道極好，莊子師徒飽餐了一頓。

第二天他們出發前，看到那隻逃脫死亡惡運的鵝，伸長脖子高聲鳴叫着撲進水裏，悠閒地游泳。其中一個弟子忽然想到一個問題，問莊子說：「老師，我有一個問題。」莊子說：「你說。」

「老師呀，昨天那棵大樹因為無用所以得享天年，而那隻鵝卻因為沒本領被我們吃掉。那麼先生，你將選擇有用還是無用呢？」

這可是個刁鑽的問題，莊子沉吟一番之後說：「那麼……唔……我將會處身在有用和無用之間。」

其實這是一個滑頭的答案。拿大樹和鵝來說，怎樣才算是有用無用之間？有用無用之間固然有機會避過兩害，卻也有機會兼有兩害。哪怕只能當柴燒的樹也會被砍伐，會叫但叫得不好聽的鵝何嘗能保住牠的性命？

莊子說完也感覺自己的回答不理想，就補充說：「其實最好的做法是依道德行事，不計譭譽，不問成敗，順時而行，能屈能伸，不受世事拘牽，心中自有主宰，這正是黃帝和神農的生命法則。」

弟子們一面收拾行李一面思考老師的話，一時沉寂下來。

「出發囉，讓我們向主人家道謝！」莊子說。

七嘴八舌的致謝聲中，那鵝兒也伸長着脖子回應。

# 十二 目無全牛

各位，孔子、孟子、莊子三人，孔子不會說故事，孟子會說，但太重實用性，文學性就不足；最會說的是莊子，故事好聽，充滿奇思妙想，讓聽者、讀者獲得深層次的體悟，關乎生命的導向、生活的智慧，影響極大。這也難怪，孟子說故事是想打動王侯，引導他們以仁義治國，難免有「利」誘的成分。莊子根本不想做官，對當權者無所求，那些話就更耐咀嚼。那麼這些話是對誰說的呢？很大可能是對學生說的，有些更是學生記錄下來的。

我們先介紹一個「庖丁解牛」的故事。

魏國的國君文惠君聽說他的一個姓丁的廚師（我們就叫他庖丁）宰牛神乎其技，想他當面表演一下。庖丁中等個子，長得結實，捲起衣袖，露出兩截鐵臂，腰間圍着一幅皮裙，上前行禮後，從刀盆裏拿出一把閃着寒光的宰牛刀，站在一旁。一隻精壯的牛被帶出來了，一見那姓丁的廚師，登時前腿發軟，渾身顫抖，跪了下來。人家還沒有看清，庖丁一閃身牛已倒下，但見咽喉下有一傷口，牛已氣絕身亡，餘下的宰割再無痛楚。

這時庖丁手、腳、肩、膝並用，像跳舞似的繞着那牛轉，還有刀的切割聲，皮肉分離聲，都像配合動作、打着拍子。最後牛肉、牛骨、牛內臟分成了三堆，庖丁臉不紅、氣不喘，向眾人鞠了一躬，把那把刀放回刀盆。

看得透不過氣來的文惠君鼓掌道：「啊呀，太好了！功夫能精彩到這樣的程度！你倒對寡人說說是怎樣練出來的？」

庖丁說：「多謝主上誇獎，臣宰牛，已從技巧進化到『道』的境界。臣最初宰牛時，牛就是一隻牛。經過三年，我看到的已經不是整隻的牛，而是牠的筋絡和骨節。這些筋絡和骨節之間有很清楚的空隙，我的刀在這些空隙之間游走，就好像在京城大馬路上閒逛，自由自在，什麼也礙不着。因此我用不着去看，也用不着去摸，只是順其自然，憑直覺去用刀。一般好的廚師，一年換一把刀；次一等的廚師，一個月換一把刀，他用刀去砍骨頭，怎能不傷！你們猜我這把刀用了多少年了？」他拿起那把閃着寒光的尖刀給大家看。

「五年？十年？再猜！十九年啦！宰的牛也有幾千頭了。但這把刀像新打出來一般，一樣鋒利。當然，一隻牛也有棘手的地方，那些筋呀、骨呀黏成一團，碰到這情形，我也會很小心，屏息凝神，在關鍵的地方，細細切割一下，整塊骨和肉就會分離，霍一聲掉下，像一堆土塊。這使我得到很大的滿足，我手上拿着刀，自豪地眼觀四方，覺得自己還真有點了不起。」庖丁一面說一面把刀抹淨，小心收進刀套。

文惠君歎息說：「你說得真好呀！從你的話裏寡人領悟到養生的妙道了。」

同學們，看了這故事，你又領悟到什麼？這個故事還形成了一批成語，包括：庖丁解牛、目無全牛、新發於硎、游刃有餘、躊躇滿志，可見這是一個多受重視的故事。

## 原文摘錄

庖丁為文惠君解牛。手之所觸，肩之所倚，足之所履，膝之所踦，砉然嚮然，奏刀騞然，莫不中音。合於《桑林》之舞，乃中《經首》之會。

文惠君曰：「譆，善哉！技蓋至此乎？」

庖丁釋刀對曰：「臣之所好者道也，進乎技矣。始臣之解牛之時，所見無非牛者；三年之後，未嘗見全牛也。方今之時，臣以神遇而不以目視，官知止而神欲行。依乎天理，批大郤，導大窾，因其固然，技經肯綮之未嘗，而況大軱乎！良庖歲更刀，割也；族庖月更刀，折也。今臣之刀十九年矣，所解數千牛矣，而刀刃若新發於硎。彼節者有間，而刀刃者無厚；以無厚入有間，恢恢乎其於遊刃必有餘地矣！是以十九年而刀刃若新發於硎。雖然，每至於族，吾見其難為，怵然為戒，視為止，行為遲。動刀甚微，謋然已解，如土委地。提刀而立，為之四顧，為之躊躇滿志，善刀而藏之。」

文惠君曰：「善哉！吾聞庖丁之言，得養生焉。」

《莊子・內篇・養生主》

# 十二 七日而渾沌死

各位，莊子說了一個很短但很有意思的故事，說它短，只有七十六個字；說它有意思是不同的人有不同解讀，引用這故事的人也很多，我覺得它還有一種近代人的所謂黑色幽默。

故事的主角名叫渾沌，渾沌是模模糊糊、無知無識的意思。這位主角有一個崇高的地位，莊子說他是「中央之帝」，他的身體特點是頭上沒有「七竅」，就是沒有眼耳口鼻的七個孔，大家想一想雞蛋的樣子那就差不多了。

至於他有沒有手和腳？有沒有翅膀？神話傳說有不同的描寫，我們就當他什麼也沒有吧，那就是一個大肉球。

外國兒歌中有一個有趣人物叫 Humpty Dumpty，他老愛坐在牆頭上，終於有一次掉下來跌得粉碎。不過他的形狀雖然像一隻大蛋，卻是眼、耳、口、鼻齊全，有手有腳，比渾沌正常得多。

這個渾沌有兩個好友，一個是南海之帝名叫儵，一個是北海之帝名叫忽，他們的行動都很迅速，千里之遙轉瞬即到，所以「儵忽之間」就是很快速的一段時間。他們的行動雖快，南海和北海究竟相距較遠，所以他們愛在中途相聚，也就是齊集在「中央之帝」渾沌的宮殿裏。渾沌雖然聽不到看不見，可是他有十分敏銳的感覺。這兩位朋友一到他就知道，叫人預備豐富的食物招待他們，準備美好的音樂演奏給他們聽。他不會說話，但是他有複雜的身體語言下令給他的臣子。他的臣子可不像他，他們都跟平常人一樣。

一年又一年，一次又一次，渾沌都是無比熱情的招待着倏和忽，這使他們倆都覺得過意不去，卻又不知怎樣報答他。因為好吃的、好看的、好聽的、好聞的東西似乎對混沌都沒有用處。

於是倏和忽商量說：要渾沌享受美好，先要他能吃、能看、能聽、能嗅，不如我們在他身上開七個孔，讓他擁有這一切吧。兩人把這想法告訴了渾沌，也不知他聽見了沒有，也不知道他同不同意。

他們想：這麼好的提議他怎會反對呢？

那麼應該先開哪個孔呢？他們開始討論，結果決定先從眼睛開始，讓他看看這個世界，也認識一下他的朋友，並且從鏡子裏看看自己。

第一天他們鑿出一隻眼睛，渾沌好奇地打量一切，仔細認識了這兩位朋友，又從鏡子裏觀察了自己，發覺自己的樣子跟別人有很大的差異。

第二天他們鑿出另一隻眼睛，這是一隻「千里眼」能看到遠方的一切。渾沌看了東南西北四方，他看了很久很久，最後汩汩的流出了眼淚。

渾沌沒有因為有了視力而開心，他一定看見了世間許多悲苦的事，這是他以前從沒有看到的，他那顆柔嫩的心忍受不住了。

失望的儵和忽又用兩天的時間幫渾沌鑿開了兩個耳孔，其中一隻是順風耳。他們見渾沌傾聽了很久很久，最後眼中流露深深的憂鬱。他一定聽到世間許多不平的事，這是他以前沒有聽過的，他那顆善感的心承受不住了。

失望的儵和忽又用兩天的時間幫渾沌鑿開了兩個鼻孔。事前他們採集了許多香味的花、甜味的果，希望他能欣賞這些好聞的味道。可是渾沌眼中的憂鬱更深了，儵和忽擔心他是聞到遠方戰爭的硝煙，災難過後的屍臭，使他埋在深深的憂愁和痛苦中了。這對健康是很有傷害的，一定要讓他有機會訴說出來。

儵和忽開始了他們第七天的工作，為渾沌鑿第七個孔，一個能說話能唱歌的口。在太陽快西沉的時候，他們完成了艱苦的工作。

「渾沌呀渾沌，你現在可以說話了，你心中有什麼想說的就說出來吧！」

渾沌的眼睛露出絕望的神情，他用無限悽苦的聲音說了兩個字：「我痛……」就閉上眼睛動也不動了。

驚慌的倏和忽連忙用心臟復蘇法對他施救，在對心臟施壓時渾沌的胸腔突然裂開，一顆鮮紅的心跳了出來，發出輕微的爆裂聲，在空中分成無數碎塊。

「渾沌死了！」倏和忽悲傷地說。

是的，渾沌死了，莊子也這樣說：「日鑿一竅，七日而渾沌死。」

莊子故事中的渾沌是「人工智能」的犧牲者，莊子認為出自天然的才是最好的，人類自以為有智慧，妄想改變這個世界，帶來的是死亡的悲劇。

阿濃故事中的渾沌也死了，他以特殊的地位對世界無知而快樂地活着，卻因為得知人世的慘痛心碎而死。「死」是「知」的代價，是不是值得呢？孔子說：「朝聞道，夕死可矣！」意思是當你找尋到真理時，哪怕即時死去也是值得的。因為找尋真理可以是一個十分艱巨的過程，許多人可能為此犧牲，而找到真理的快樂，可以使一個人覺得死也瞑目。阿濃故事中的渾沌在知道這個世界的不幸時沒來得及為這世界做些什麼，但他讓仍在「渾沌」中的世人，明白這個世界的不幸足以令人心碎，需要徹底的改革。

此時阿濃想起了希臘神話中的普羅米修斯，他見人類沒有火，過着艱困的日子，於是他違背了大神宙斯的禁令，把火偷到人間，改變了人類的命運，但他因此要承擔痛苦的懲罰，讓惡鷹啄食他的肝臟。蒙恩的人類永遠感謝他，如今的奧運聖火，就是為紀念這位改變世界的英雄，傳遞着他帶給世界的光明和溫暖。

## 原文摘錄

南海之帝為倏，北海之帝為忽，中央之帝為渾沌。倏與忽時相與遇於渾沌之地，渾沌待之甚善。倏與忽謀報渾沌之德，曰：「人皆有七竅，以視聽食息，此獨無有，嘗試鑿之。」日鑿一竅，七日而渾沌死。

《莊子・內篇・應帝王》

# 十三　路邊的智慧

寫過一篇短文，記街頭所見。一個身材很矮的男人，就是我們稱為侏儒的那種，一手推着一個車胎，滾動前行，一點也不費力的樣子。平常人要這樣推車胎，須彎着腰，比較吃力，但這位矮小的朋友高度剛剛好。這是一位有智慧的朋友，他找到適合自己的工作，附近有幾家汽車修理舖和輪胎舖，他應是輪胎舖夥計。

許多年前，街邊報紙檔不像現在普遍，我家是訂閱報紙的。那時許多人家都有露台，我家位於四樓，也有露台，種花、晾衫都很方便。因為最高只是五樓，不設電梯，上樓派報要爬百來級樓梯。這位派報員練得好身手，他人騎在單車上，到我樓下時，右手一揮，報紙就飛上我家露台。這就是小市民生存的智慧，值得我們學習。

這種路邊的小市民智慧，被大作家發現之後，就會記下來，讓大家師法。

莊子寫的〈痀僂承蜩〉是其中一個。「痀僂者」是一個駝背老人，「蜩」是蟬，「承蜩」是捕蟬。老人為什麼要捕蟬呢？可能賣給孩子當玩具，我兒時鄉人也有把蟬烤來吃的。莊子的故事是這樣的：

孔子帶領一批學生去楚國，經過一處樹林，看見一個駝背老人在捕蟬。他用一枝竹竿，頂上塗了黏液（阿濃鄉間用蛛絲），一黏一隻，一點也不費事就黏了一大批。孔子看得呆了，上前問：「老人家，你太厲害了，可有什麼秘訣？」老人說：「談不上秘訣，方法倒是有的。我先在竹竿頭放兩顆泥丸，不讓它掉下來。練習了五六個月，手定了，去黏蟬，已經不大失手。我再加多一丸來練，不再掉下來之後，去黏蟬已十拿九穩。最後我把泥丸加到五顆，練到很熟，去黏蟬時可以說手到拿來，百無一失。我黏蟬的時候，穩穩地站在那裏，像一棵老樹，我執竿的手臂像一截斷枝，一點也不抖動。這個時候，外面的世界雖然廣大，萬物都在躁動，但我聽不見，看不到，我看到的只有蟬的翅膀。你想，我專注到這樣的程度，還會錯失我的目標嗎？」孔子聽了讚歎說：「同學們聽了，這叫『用志不分，乃凝於神』，你們求學做事，能達到這樣的境界，還愁不成功嗎？」（見《莊子．外篇．達生》）

宋朝文學家歐陽修寫過一篇〈賣油翁〉，也很有意思。

陳堯咨的箭術是全國知名的，有神箭手之稱，對這稱號他認為並無誇大，從不推讓。

有一次陳堯咨在家中後園練習射箭，隨手射來，十中八九。有一個賣油的老頭，因為生意清淡，把擔子歇下，斜着眼睛瞧着。那射得準的不見他喝彩，那射失了的他卻搖頭，惹得堯咨有點生氣，問道：「你也懂射箭？」老頭否認。堯咨再問：「你覺得我的箭術怎樣？」老頭答：「算是手熟。」堯咨平日聽得人家的讚賞多，哪受得如此輕慢，氣憤的說：「你竟敢小看我的箭術！」老頭說：「哪敢！我說『手熟』是從我自己的經驗得知，你瞧……」

老頭把一個葫蘆放在地上，拿出一枚銅錢蓋着葫蘆的嘴。葫蘆的嘴很小，銅錢中間的孔也不大。他拿起一個油杓，從桶中舀起一勺油，一抬手油杓裏的油就一條弧線般鑽進葫蘆，細看那銅錢還是乾的。老頭說：「怎麼樣？想不想試試？」陳堯咨笑着說：「果然高明，佩服！」

歐陽修寫這個故事，是想我們不論學習什麼，都要有苦練的精神。賣油的老翁以他自身的經驗說出一番道理，歐陽修記下來，是想我們師法這種精神。

路旁的小市民，不一定有什麼學問，他們從生活中獲得的智慧，足可做我們的老師。

## 原文摘錄

仲尼適楚，出於林中，見痀僂者承蜩（蟬），猶掇（拾取）之也。仲尼曰：「子巧乎！有道邪？」曰：「我有道也。五六月，累丸二而不墜，則失者錙銖（錙和銖都是古代的極小重量單位，表示很少）；累三而不墜，則失者十一；累五而不墜，猶掇之也。吾處身也，若厥（失去知覺）株拘；吾執臂也，若槁木之枝；雖天地之大，萬物之多，而唯蜩翼之知。吾不反不側，不以萬物易蜩之翼，何為而不得！」孔子顧謂弟子曰：「用志不分，乃凝於神，其痀僂丈人之謂乎！」

《莊子・外篇・達生》

# 十四 墨悲絲染

「墨悲絲染」是〈千字文〉中的一句，〈千字文〉是根據《墨子．所染》一段文字總結出來的。

墨子是戰國時代的哲學家，對許多事物的看法跟儒家不同。他最有名的故事是跟天下巧匠公輸般（即魯班）的一場論戰，他贏了，因此化解了一場戰爭。在魯迅的

《故事新編》中有精彩的演繹。

有一天墨子經過一家染坊，見到工人們正忙碌地染絲，他們身上尤其雙手和手臂都被染料染成各樣顏色。那些絲本是純白的，一放進染缸撈出來就變成不同的顏色，而且再難改變。墨子看了一會，不禁感慨的說：「染於蒼則蒼，染於黃則黃……故染不可不慎也。」

墨子從染絲想到環境對人的影響，尤其是人對人的影響。他跟着舉了好些例子，說明賢君是受賢人影響；昏君是受佞人影響。

孟子的母親是最明白此點的，孟子小時候住在一處墓地附近，經常看到人家喪葬祭祀的情形，也學着跪拜甚至號哭。孟子的母親覺得這對孩子的影響不大好，就搬家了。一搬搬到近街市的地方，買賣熱鬧，還有肉檔、雞鴨檔，小孩子善於模仿，孟子很快就學會了吆喝着做買賣，還會假裝着宰豬劏雞殺鴨。孟子的母親看在眼裏，覺得這環境同樣對孩子不好，於是又作另一次搬遷。

這次搬家心中就有了計劃，她在一間學校的附近找到一處居所。果然住下不久，孟子就學着誦詩讀書，揖讓有禮，於是孟子的母親覺得搬對地方了，我們也獲得一個「孟母三遷」的故事。

我們生活的環境，往往不由我們選擇，因為小環境之外還有大環境。如今資訊發達，交通方便，地球已成「地球村」，那影響更是世界性的。像南宋胡寅的故事就不是現代能夠做到的了。

胡寅的家境不大好，而且兄弟多，父母就把他過繼給叔父胡安國撫養。失去父愛母愛的孩子，調皮搗蛋，成為問題兒童。雖然他天資聰穎，認字過目不忘，卻無心向學，到處玩耍鬧事，惹出許多麻煩。屢次教導都失敗的叔父，最後只有把他關鎖在一處空閣樓上。

胡安國有一樣嗜好，就是木雕，所以他的閣樓上放置了許多木頭和雕刻的斧鑿。胡寅被禁閉的頭兩天也曾經哭鬧着要出去，胡安國硬着心腸不理他，想不到他卻慢慢安靜下來。經過一個月時間，胡安國決定進閣樓看看。

一進去就看見胡寅正在刻木，一地的木碎，而更使這位繼父驚奇的是那些木頭已經被雕刻成一個個人像，各有神態，個個栩栩如生，胡安國覺得他的技藝更超過自己，真是一個有天分的孩子。

胡安國靈機一動，叫人幫手把一千多冊書搬進了閣樓，他叫送飯的家人留意胡寅在做什麼，報告都說他在讀書。

過了半年，胡安國打開閣樓的門鎖，對胡寅說：「你如此用功讀書，我很滿意，從此你可以下去跟我們一塊兒吃飯，閣樓不再上鎖，你自由了。」

想不到胡寅說，書還沒有讀完，他想留在閣樓繼續讀下去。胡安國不反對，胡寅又讀了半年，之後終於願意出來了。

胡安國想考考他，隨便問了一些書上的問題，想不到胡寅對答如流，還整段整段的背下來。

胡寅後來參加公開試成績不錯，做了朝廷大臣。

孔子曰：「與善人居，如入芝蘭之室，久而不聞其香，則與之化矣。與不善人居，如入鮑魚之肆，久而不聞其臭，亦與之化矣。」

這也説明環境對人影響之深之廣，而墨子、孟母、胡安國本身雖不是老師，卻懂得教育兒女，堅持以健康的環境去影響易染的下一代。

## 原文摘錄

子墨子言，見染絲者而歎曰：「染於蒼則蒼，染於黃則黃。所入者變，其色亦變，五入必而已，則為五色矣。故染不可不慎也。」

非獨染絲然也，國亦有染。舜染於許由、伯陽，禹染於皋陶、伯益，湯染於伊尹、仲虺，武王染於太公、周公。此四王者所染當，故王天下，立為天子，功名蔽天地。舉天下之仁義顯人，必稱此四王者。

非獨國有染也，士亦有染。其友皆好仁義，淳謹畏令，則家日益，身日安，名日榮，處官得其理矣，則段干木、禽子、傅說之徒是也。其友皆好矜奮，創作比周，則家日損，身日危，名日辱，處官失其理矣，則子西、易牙、豎刁之徒是也。《詩》曰：「必擇所堪，必謹所堪」者，此之謂也。

《墨子・所染》

# 十五　用舌頭耕種

各位，在古代，不是人人有機會讀書。哪像現代有許多國家和地區，有所謂「強迫教育」，孩子不上學，父母還有罪呢。古代孩子想讀書，家庭就少了一個勞動力，又要付老師「束脩」，雖然只是十條臘肉，卻也要付得起。

看現代有關窮鄉的報道，也有失學孩子在校門外逡巡的鏡頭，那在古代就更普遍了。

東漢時代有一個窮小孩叫賈逵，天資聰明，記性又好。他就是被排除在學塾外面的一個。五歲那年，鎮上一位有學問的先生，在他家附近開設學塾，招收學生。賈逵對爸媽說他也想讀書，父親說：「飯都沒得吃，還讀書！」母親說：「誰叫你投錯了胎，生在窮人家。」

開課了，十多個孩子穿得整整齊齊的來上學，其中也有賈逵認識的。有兩個孩子哭着不肯留下，要跟父親回家，賈逵想：「想讀書的進不了學堂，不想讀書的偏要迫他去。」

不久，學堂裏傳出誦讀的聲音，先是老師讀，然後是同學跟，跟着是老師講解，最後是同學們一齊讀幾遍。賈逵在學堂外面聽着，也跟着大家讀，一個五歲的孩子，當然不知老師讀些什麼。

但是他不論風風雨雨、寒冬酷暑，每天都準時在學校門外出現，漸漸就引起了老師的注意。這麼好學的學生，老師本來有意讓他免交學費入學讀書，卻又怕別的學生覺得不公道，有些學生的家境也不比他好多少嘛，於是老師送了一套課本給賈逵，本來已經會背誦的他就一個個字都認識了。

有幾次老師放賈逵進課室，兩次是狂風驟雨，賈逵的衣服都打濕了，一次是大雪紛飛，賈逵冷得手腳都僵硬了。

賈逵就這樣堅持了五年，把四書五經讀了個透。新同學有不明白的地方，還請教這位校外小老師，他把課文連註解都背誦如流，解釋得又清楚又明白。

賈逵的學問通過自學愈來愈淵博，他早已不用在書塾外旁聽，請教他的人愈來愈多，也有人請他到家裏做西賓的，還有人請他舉辦一些學術講座，參加者是要送上禮物的，賈逵希望大家用糧食當束脩，不怕通貨膨脹，心裏踏實。

賈逵的家境愈來愈好，建造了新房子，還特地起了糧倉。倉裏的糧食愈來愈多，當碰上荒年時，賈逵還拿出來賑災。

於是有人說，賈逵不用下田，卻有那麼豐富的糧食收成，他不是靠犁和耙來耕作，他靠的是舌頭，於是我們有了「舌耕」這個詞，代表教學，而對於寫作維生我們就叫「筆耕」。當年作家用原稿紙寫作，一行行的，真有點像耕田，如今用電腦鍵盤打字，或許叫「鍵耕」吧。

阿濃說這個故事的目的，是想大家知道，原來從前求學的機會不是這樣容易獲得，有人為求知識曾經在學堂外面站了五年。當你們安坐課室接受老師教導時，有沒有感到幸運和感恩，而增加你們學習的積極性呢？

# 十六　師者，所以傳道、受業、解惑也。

各位，說到好老師，唐代的韓愈應是其中一位，他的一篇重要文章〈師說〉，把「師道」說得很透徹，我一定要向大家介紹一下。

在文學成就方面，蘇軾稱讚韓愈「文起八代之衰」，「八代」指東漢、魏、晉、宋、齊、梁、陳、隋。那時流行一種駢文，注重形式美，內容偏於風花雪月，韓愈和另一位文學家柳宗元發起古文運動，提倡學習先秦、兩漢的古文。在內容方面強調文以載道，言之有物，不作無病呻吟，徹底改變了萎靡的文風，其影響至今猶在。

香港的同學跟韓愈最相接近的是屯門青山禪院的一方石刻，上有「高山弟一」四字，後面署名「退之」，這「退之」便是韓愈的別字。後來有人重刻此碑，把本來與「第」相通的「弟」字改成「第」，實屬淺見。

韓愈為什麼會在屯門題字呢？據說他上書憲宗皇帝，勸止他把佛骨迎入宮中，認為這樣的提倡會引起民間的狂熱，造成迷信，影響社會風氣和國計民生。他說如果因為停止迎佛骨入宮而引起禍殃，就讓一切惡報加在他的身上，他絕不怨悔。

他的諫言激怒了憲宗皇帝，把他貶去當時還是蠻荒之地的潮州。當他滿懷悲苦到達離京師不遠的藍關時，侄孫韓湘（就是八仙傳說中的韓湘子）前來送行。韓愈心情激動，當時寫了一首〈左遷至藍關示侄孫湘〉：

一封朝奏九重天，夕貶潮州路八千。
欲為聖明除弊事，肯將衰朽惜殘年！
雲橫秦嶺家何在？雪擁藍關馬不前。
知汝遠來應有意，好收吾骨瘴江邊。

傳說後來韓愈赴任，經海路遇颱風登屯門，寫了這「高山弟一」四個字，在韓愈一篇〈贈別元十八協律〉其六（協律：官名，負責音樂事務）中有這樣幾句：「**峽山逢颶風，雷電助撞捽。乘潮簸扶胥，近岸指一髮，兩巖雖云牢，水石互飛發。屯門雖云高，亦映波浪沒。**」或許就是傳說的來源。

根據近代學者羅香林、許地山的考證，韓愈往潮州赴任的路線不會經過屯門，更可靠的說法是宋徽宗時落居錦田的鄧氏祖先鄧符協遊青山時，臨摹韓愈的字體刻寫的，並非韓愈所題。如果屬實，離今已近九百年，也是一處重要歷史遺蹟。

回頭說說韓愈作為老師他是怎樣教學的，他的學生皇甫湜寫的〈韓文公墓誌銘〉（韓愈祖籍河北昌黎，人稱韓昌黎，故又名〈昌黎韓先生墓誌銘〉）有這樣的描寫：

「講評孜孜，以磨諸生；恐不完美，游以詼笑嘯歌，使皆醉義忘歸。」意思是他講解不厭其詳，還怕不夠完美（原來「完美」一詞唐代已有），間中就跟學生說說笑話（說不定還有爛Gag）唱唱歌（流行曲？），使大家陶醉在學習的了悟中，不想回家。這樣認真又了解學生心理、上課生動活潑的老師，今天也少見。

韓愈有一個學生叫李蟠，聰明好學，韓愈寫了一篇文章勉勵他，這篇文章把一個人需要求師的道理說得很透徹，包括以下各點：

一、老師的任務有三：傳道（真理的傳承），受業（即授業，知識的傳承），解惑（智慧的傳承）。一個人不是一出生便什麼都懂得，不懂而不去請教老師，那就永遠不明白了。

二、無貴、無賤、無長、無少，誰有學問誰就是我的老師。

三、古代的聖人也求師，現代的普通人不求師，結果聖者更聖，愚者更愚。

四、讓兒子求學，學語文基本知識，自己卻不去求學，學人生的大道理，這是明智的做法嗎？

五、三教九流的人也知道求師，士大夫反以求師為恥，士大夫反不及三教九流的人聰明了。

六、聖人也有老師，孔子說：「三人行，則必有我師。」所以弟子不必不如師，老師也不一定要比弟子優勝。

各位，每個人都有他認識不足的地方，每個人也有比他人專長之處。所以我們不要羞於以他人為師，也要樂於把己之所長貢獻給他人，這種積極地互相學習的風氣將有助人類文明的大發展。

## 原文摘錄

古之學者必有師。師者，所以傳道、受業、解惑也。人非生而知之者，孰能無惑？惑而不從師，其為惑也終不解矣。

生乎吾前，其聞道也，固先乎吾，吾從而師之；生乎吾後，其聞道也，亦先乎吾，吾從而師之。吾師道也，夫庸知其年之先後生於吾乎？是故無貴無賤，無長無少，道之所存，師之所存也。

嗟乎！師道之不傳也久矣！欲人之無惑也難矣！古之聖人，其出人也遠矣，猶且從師而問焉；今之眾人，其下聖人也亦遠矣，而恥學於師；是故聖益聖，愚益愚，聖人之所以為聖，愚人之所以為愚，其皆出於此乎！

愛其子，擇師而教之，於其身也則恥師焉，惑矣！彼童子之師，授之書而習其句讀者，非吾所謂傳其道、解其惑者也。句讀之不知，惑之不解，或師焉，或不焉，小學而大遺，吾未見其明也。

巫、醫、樂師、百工之人，不恥相師；士大夫之族，曰師、曰弟子云者，則羣聚而笑之。問之，則曰：「彼與彼年相若也，道相似也。」位卑則足羞，官盛則近諛。嗚呼！師道之不復，可知矣。巫、醫、樂師、百工之人，君子不齒，今其智乃反不能及，其可怪也歟！

聖人無常師，孔子師郯子、萇弘、師襄、老聃。郯子之徒，其賢不及孔子。孔子曰：「三人行，則必有我師。」是故弟子不必不如師，師不必賢於弟子；聞道有先後，術業有專攻，如是而已。

李氏子蟠，年十七，好古文，六藝經傳，皆通習之；不拘於時，學於余。余嘉其能行古道，作〈師說〉以貽之。

韓愈〈師說〉

# 十七 昨夜一枝開

各位，我有一個發現，就是想作文進步，寫詩是一個辦法。不論你有沒有寫詩的天賦和寫詩的激情，只要你嘗試去寫了，就會獲得一種作文的益處。你會注意鍊字，把關鍵的字用到最好。唐朝詩人盧延讓有一首詩叫〈苦吟〉，如何「苦」法？「吟安一個字，拈斷數莖鬚。」一首五絕（作詩最低消費）也有二十字，作完豈不是不見了六十根鬚？也夠慘的，哈哈！

古代詩人很着重這種鍊字功夫，最有名的典故是「推敲」。詩人賈島那時還是和尚，某個晚上去探訪幽居的老朋友李凝，李凝剛好不在家，賈島在那裏徘徊了很久，把當時的心境描繪了下來，說下次還會再來。

詩中有兩句是這樣的：「**鳥宿池邊樹，僧推月下門。**」但轉念一想，會不會改為「**僧敲月下門**」更好？一時拿不定主意，就在那裏推呀敲呀做起手勢來。我想他當時一定閉上眼睛，思忖兩者的不同。想不到這樣的癡癡迷迷，竟連大官的儀仗隊也沒看見、沒聽見，就這樣撞了上去，立馬被當刺客捉拿去見官。幸而此官不是別人，正是「文起八代之衰」、寫〈師說〉、本身也是詩人的韓愈。見被捕者是一名僧人，又並無武器，就叫把他放開，問他為什麼這樣瘋瘋癲癲的。賈島從實說明一切，那韓愈卻一時沒有回答，沉吟一番才說：「我認為『敲』字較好。」

古人記事簡單，沒有把韓愈的理由寫出來。就讓阿濃補充一下：如果是賈島自己的寺門，可以用「推」，因為他知道門沒有門上；是別人的家門，禮貌上也應是「敲」。加上靜靜的晚上，敲門聲增添了活氣，營造了氣氛。就因為這故事我們添了一個詞語：「推敲」。

另一個同樣有名的故事，說的是唐朝詩人齊己，也是一個和尚，在一個大雪後的清晨，外出欣賞這銀裝素裹的世界。意外地發現一株老梅，竟然不畏酷寒，在雪中綻放着。這使他很感動，回家就成詩一首，題目是〈早梅〉：

萬木凍欲折，孤根暖獨回。
前村深雪裏，昨夜數枝開。
風遞幽香出，禽窺素豔來。
明年如應律，先發映春台。

自覺得意，如果是現今將會即時上載面書或WhatsApp給好朋友了。那年代的齊己就只能踏着雪去找詩友鄭谷欣賞。鄭谷看了，先是微笑不語，待齊己一再追問，才說：「如改為『**昨夜一枝開**』怎樣？」

齊己是明白人，當然知道這「一」字的好處，題目是《早梅》，「一枝」當然比「數枝」更顯得「早」。心裏佩服得不得了，又覺十分歡喜，深深鞠躬行禮說：「你真是我的『一字師』啊！」

學問再好的人也有偶然想不到的地方，北宋的范仲淹，就是「先天下之憂而憂，後天下之樂而樂」那位，他寫的〈岳陽樓記〉是古文名篇。他又寫過一篇〈嚴先生祠堂記〉，頌揚西漢隱士嚴光（子陵）的美德，文章的最後有歌曰：「雲山蒼蒼，江水泱泱，先生之德，山高水長。」寫好拿給好朋友李泰北看，李泰北說：「似有一字未夠好。」范仲淹問是哪個字？李說：「『先生之德』不若改為『先生之風』。」范仲淹一讀之下，果然覺得這個「風」字境界更高，立即從善如流，把李泰北當成了「一字師」。

讀書人玩文字遊戲自娛，有幸就留下文壇佳話，但如牽涉政治，後果就可大可小，一字之誤，可以影響頭上烏紗甚至有滅族之災。北宋名臣張詠做湘東太守時，天下太平無事，張詠閒得發慌，遺憾自己沒機會顯露才華，有一天他如實寫下自己心情：「**獨恨太平無一事，江南閒殺老尚書。**」有點自誇治理有方，給人「誇耀」的感覺，寫完放在案頭，外出散步去了。回來時卻見詩稿上一處墨污，詩的首句被改為「**獨幸太平無一事**」。文章是自己的好，張詠覺得受到冒犯，大聲喝問是誰改的。身為客人的溧陽知縣蕭楚材現身解釋說：「如今小人當道，豺狼橫行，大人是朝廷清流，得罪的人定已不少，他們正尋瑕抵隙，想找大人的錯處。天下太平，你不說成是今上的功德，卻對此表示『恨』意，如有人借此向朝廷說你有忤逆之心，恐怕要解釋也不容易。改用『幸』字，正是對太平的正常感覺，沒有是非可說。」張詠聽了出 身冷汗，連忙對蕭楚材作了一個揖說：「蕭大人乃吾一字師也。」

一個字的改動看似小事，那後果有時還是相差很大的，記得這些故事，作文時下筆就會認真得多。

# 十八　門外雪深一尺矣

宋朝有兩位學問家、思想家、理學的奠基人，他們是兄弟，哥哥程顥，弟弟程頤，人稱「二程」。

哥哥個性比較活潑，與人相處親和，與大自然的關係水乳交融，看他的兩首詩便知。一首寫於春天，題目是〈春日偶成〉：

雲淡風輕近午天，傍花隨柳過前川。
時人不識余心樂，將謂偷閒學少年。

春天到了，雲淡風輕，美好的天氣。花紅柳綠，生機蓬勃的景致。詩人徜徉在春意濃濃的河邊，不自覺地手舞足蹈起來，嘴裏還哩哩啦啦唱起歌來，別笑我瘋瘋癲癲的像個少年人，你們不知道我心裏是多麼快樂！

另一首他寫於秋天，題目是〈秋日偶成〉：

閒來無事不從容，睡覺東窗日已紅。
萬物靜觀皆自得，四時佳興與人同。
道通天地有形外，思入風雲變態中。
富貴不淫貧賤樂，男兒到此是豪雄。

他抒寫的是一個秋日的思緒，從容閒適，靜觀萬物在大自然中的融和自在，每個季節各有它的美好興致，詩人選擇與眾同樂。但他的思潮馳騁縱橫於宇宙天地間，處於崇高的境界，不受富貴或貧窮影響，一個人達至這樣的水平，實在是了不起了。

一個叫楊時的讀書人就跟隨了這樣一位高水平的老師，兩人談論哲學和文藝，相得而開心。到楊時要南下回家時，程顥依依惜別，對他說：我的道理將隨着你到南方去發揚光大了。可惜四年後程顥就病故了，楊時設靈位哭祭，並且把老師去世的消息寫信告訴所有同學。

之後楊時就跟從老師的弟弟程頤學習了，程頤個性方正古板，習慣了跟程顥學習的楊時要適應一番。不過程頤與楊時師生之間的一個故事，卻成為學生敬愛老師的榜樣。

某一天，楊時跟同學游酢陪老師程頤聊天，許多學問和領悟都在這樣的談話中獲得。時間慢慢過去，老師不覺倦了，眼睛開開合合，最後終於閉上，還有輕輕的鼾聲。

老師睡着了，一直站着的兩個學生，怕驚醒老師，更不敢無禮的就此離去，於是靜靜站在那裏，待着待着，也不知過了多少時間，老師終於醒來，打了個呵欠，欠伸了一下，才發現兩個學生還站在那裏……

「啊，你們還沒有走呀！」

「我們該走了，謹向老師告別。」

兩人出得門來，眼前一片銀白，原來在他們侍立的時候，已經雪深一尺。

從此我們有了一個成語叫「程門立雪」，用來表示尊敬師長和求學心切的意思，譬如說：

**老師學識淵博，誨人不倦，程門立雪，乃後輩等之素願。**

如今有些大學生，上課遲到早退，老師授課時，他們談話、吃東西、玩手機，完全沒把老師看在眼裏。不尊重老師，也就是不尊重知識，他們在學問上能有成就嗎？

## 原文摘錄

至是，（楊時）又見程頤於洛，時（楊時）蓋年四十矣。一日見頤，頤偶瞑坐，時與游酢侍立不去。頤既覺，則門外雪深一尺矣。

《宋史·楊時傳》

# 十九 竹解心虛即我師

莊子以百無一用的大樹為師，學習它什麼用處也沒有，卻可以因此保全性命。

把某種植物當老師，獲得心性上的覺悟和增益，這樣的記載並不少見，先說一個失敗的例子。

在儒家經典《大學》的第一章，排列了一個人生做大事的步驟：

**格物→致知→誠意→正心→修身→齊家→治國→平天下**

偏偏《大學》這書，之後對這「階梯」的前兩級「格物」和「致知」卻不再提及，要怎樣去解讀這心性修養的本源，出現了多種多樣的看法，據說光是在明朝末年就有了七十二家，到今天肯定會超過百家。

南宋出了個大儒叫朱熹，他對經典的解釋成為權威。他認為萬事萬物都有其道理在，能夠窮究到他們的道理出來，就可以為聖為賢。這說法打動了明朝一位叫王守仁（別號陽明）的青年，那年他跟隨做官的父親到了京師，官署的庭院裏種了很多竹樹，王守仁就決定拿來實證一下。

他傻傻癡癡的對着那千百竿竹樹，遠遠近近的瞧着它們，親親熱熱的撫摩它們，仔仔細細的研究它們，日日夜夜的觀察它們，風裏雨裏的陪着它們，茶飯不思的經過七日七夜，卻感染風寒，發起高燒來。可是他腦海中一片空白，什麼道理也沒有領悟出來，結論只有一個：「朱大儒的說法可疑，聖賢不是人人有本事做的。」

後來王守仁外放到貴州龍場這個蠻荒之地，捱了三年苦日子，卻建立了自己的「心學體系」，哲學史上稱為「龍場悟道」。他認為格物只能從自己身心上下工夫，求之外物徒費氣力，關於這點我們就不在這裏細說了。

對於「格物致知」，我寧願聽聽近代人的觀點。丁肇中，物理學博士，諾貝爾物理獎獲得者，他對「格物致知」的看法是這樣的：

**「我覺得真正的格物致知精神，不但是在研究學術中不可缺少，而且**

在應付今天的世界環境中也是不可少的。在今天一般的教育裏，我們需要培養實驗的精神。就是說，不管研究科學，研究人文學，或者在個人行動上，我們都要保留一個懷疑求真的態度，要靠實踐來發現事物的真相。世界和社會的環境變化得很快，世界上不同文化的交流也愈來愈密切。我們不能盲目地接受過去認為的真理，也不能等待『學術權威』的指示。我們要自己有判斷力。在環境激變的今天，我們應該重新體會到幾千年前經書裏說的格物致知真正的意義。這意義有兩個方面：第一，尋求真理的唯一途徑是對事物客觀的探索；第二，探索的過程不是消極的袖手旁觀，而是有想像力的有計劃的探索。希望我們這一代對於格物和致知有新的認識和思考，使得實驗精神真正地變成中國文化的一部分。」

不過作為詩人，對竹這樣的植物，感覺卻有不同。宋朝的蘇東坡認為竹是風雅的象徵，所以他有詩說：「**可使食無肉，不可居無竹。**」要知道東坡是愛肉之人，有一味佳餚就叫「東坡肉」，他也捨得放棄，卻要保有竹樹伴着他的房舍。唐朝的白居易也願意以竹為師，向它學習虛心。因為竹的中間是虛空的。他有一首詩題目是〈池上竹下作〉，其中兩句是：**水能性澹為吾友，竹解心虛即我師。**另一位清代詩人鄭燮（板橋）有一首詠竹詩，我很喜歡，因為他讚美了竹的風骨。世間隨波逐流者多，不像竹樹立場堅定，不隨風搖擺，這樣的品格，值得尊之為師：

**咬定青山不放鬆，立根原在破巖中，**
**千磨萬擊還堅勁，任爾東西南北風。**

# 原文摘錄

「眾人只說『格物』要依晦翁（朱熹），何曾把他的說去用！我着實曾用來。初年與錢友同論做聖賢要格天下之物，如今安得這等大的力量：因指亭前竹子，令去格看。錢子早夜去窮格竹子的道理，竭其心思至於三日，便致勞神成疾。當初說他這是精力不足，某因自去窮格，早夜不得其理，到七日，亦以勞思致疾，遂相與歎聖賢是做不得的，無他大力量去格物。及在夷中三年，頗見得此意思，方知天下之物本無可格者；其格物之功，只在身心上做；決然以聖人為人人可到，便自有擔當了。這裏意思，卻要說與諸公知道。」

王陽明《傳習錄》

# 二十 學射於周同

各位，一講到民族英雄，我們第一個想起的會是岳飛。同學們對他不會陌生，因為我們的課文中也許有〈岳飛之少年時代〉，我們又唱過他填詞的〈滿江紅〉。記得那年遊西湖，參觀岳廟，旅行家倫文標帶頭在岳飛像前唱〈滿江紅〉，同行的幾乎人人會唱，說明岳飛的深入民心。還有我們愛吃的油炸鬼，據說來自「油炸檜」，檜是秦檜，陷害岳飛的人，他的鐵像至今跪於岳飛墓前。

他有一個愛國的母親，據說為了勉勵兒子為國盡忠，曾在他背上刺了四個字：「精忠報國」。（按：此事在正史上並無記載。）

岳飛的「文」不知是跟誰學的，大概媽媽和爸爸都教過他。他學習認真，沒有錢買燈油，就拾些樹枝來燃點。在跳躍的火光和松脂的香味中，他可以整晚讀書不睡覺，就這樣讀完了《左氏春秋》和孫吳兵法。但在〈岳飛之少年時代〉這篇文章中，他的「武」卻是有老師的。

老師的名字叫周同，是當時有名的武術教頭，他的箭術更是遠近馳名。岳飛的父親希望兒子能跟周老師學射箭，就帶岳飛去見他。周老師見這少年生得壯壯實實，又一臉敦厚，已喜歡了一半，當即對他說：「孩子，想我收你為徒也可以，我得考你一考，看你是不是學箭的材料。」

這時遠遠一棵矮樹上，一隻蟬叫得正歡。周同說：「你可看到那棵樹上正在叫的蟬，站在哪根樹枝上？」岳飛定睛一看說：「是在右邊第二根樹枝的梢頭。」

周同說：「唔，視力不錯。」他跟着拿出兩個大碗，叫岳飛去一百尺外的井裏打兩碗水過來，愈滿愈好。岳飛聽話照做，左右手各持一碗，回到周同身邊。但見碗中的水滿滿的齊邊，滴水不漏。周同滿意的說：「好，你的手夠穩定。」

跟着指一指架上的弓說：「那邊有一排弓，拉力從一百斤到三百斤的都有，看你能拉開哪一把？」岳飛先試二百斤，毫不費勁的拉開了。再試三百斤，他站穩馬步，運氣一拉，但見弓如滿月，他又成功了。老師微笑點頭，對岳飛的父親說：「這孩子資質甚佳，我願意收他為徒，不收學費。」

岳飛一學就學了一年，老師說：「我已沒有什麼能教你的，你畢業了。」

老師為學成的一批學生，舉行了一個畢業禮。這天老師興致很高，喝了兩小杯酒之後，親自下場試射。但見他嗖嗖嗖三箭齊中紅心。圍觀的學生、家長、地方上紳齊聲喝彩。跟着是岳飛試射，也是嗖嗖嗖三聲，卻不見箭靶上多了箭。

原來岳飛的箭枝枝射中老師箭尾，把箭推前了兩寸。到大家了解到事情的真相時，那歡呼聲、鼓掌聲震動了在場的百多個學生和來賓！

畢業禮之後，老師叫岳飛留下，對岳飛說：「我老了，要退休了。你已獲得我所有的本領，希望你好好為國家效力。」他又把手上的弓交給岳飛說：「這把弓跟我數十年，今天我把他送給你，你要繼續練習，好好使用。」岳飛跪下叩謝了老師，灑淚而別。

想不到老師退休不到一年就病故了，岳飛悲慟不已，像兒子一樣參與老師的喪葬事務。而且每個月的初一、十五，總帶備酒肉，到老師墓前拜祭，還拉開老師贈送的弓，連射三箭，高聲說：「老師，我不會辜負您對我的期望！」才叩頭灑淚而別。

有一次岳飛的父親陪岳飛同去拜祭周同，兒子的表現使他十分感動，於是拍拍他的背脊說：「孩子呀，有一天你能為朝廷効力，你願意為國家犧牲嗎？」岳飛說：「只要父親大人允許孩兒這樣做，我有什麼不能做的呢？」

## 原文摘錄

岳飛，字鵬舉，相州湯陰人也。生時，有大禽若鵠，飛鳴室上，因以為名。未彌月，河決內黃，水暴至，母姚氏抱飛坐巨甕中，衝濤乘流而下，及岸，得不死。

飛少負氣節，沉厚寡言。天資敏悟，強記書傳，尤好《左氏春秋》及孫吳兵法。家貧，拾薪為燭，誦習達旦，不寐。生有神力，未冠，能挽弓三百斤。學射於周同。同射三矢，皆中的，以示飛；飛引弓一發，破其筈；再發，又中。同大驚，以所愛良弓贈之。飛由是益自練習，盡得同術。

未幾，同死，飛悲慟不已。每值朔望，必具酒肉，詣同墓，奠而泣；又引同所贈弓，發三矢，乃酹。父知而義之，撫其背曰：「使汝異日得為時用，其殉國死義乎？」應曰：「惟大人許兒以身報國家，何事不可為？」

佚名〈岳飛之少年時代〉

# 二十一 俯首甘為孺子牛

各位，據網上資料，說稱呼老師有十個較熱門的叫法，包括「先生」、「老師」、「園丁」和「孺子牛」，其他六個都不算流行，不介紹了。

「孺子牛」作為老師的叫法應來自魯迅的兩句詩，詩題是〈自嘲〉：

運交華蓋欲何求，未敢翻身已碰頭。
破帽遮顏過鬧市，漏船載酒泛中流。
橫眉冷對千夫指，俯首甘為孺子牛。
躲進小樓成一統，管他冬夏與春秋。

魯迅書寫的第五、六句曾被製作為對聯，以「印刷品」形式傳播全國，我就有一幅掛在壁上當座右銘。

句子中的「孺子牛」出自《左傳》，說齊景公有個庶子名叫荼，齊景公非常疼愛他，兩人可以玩得很癲。有一次這個荼要他老爸扮牛牛，嘴裏啣根繩子讓他牽着走，齊景公居然答應，在地上四腳爬爬。身為國君，真的失禮得很啊！爬呀爬的，這個頑皮仔不小心跌倒，繩子一扯緊，齊景公被拉脫了兩隻門牙，滿嘴是血。這位慈父雖然從此少了兩隻門牙咬不了瓜子，卻成了「孺子牛」這個詞語的典故來源，不然有誰記得他？

魯迅這兩句詩的意思是他對那些千夫所指的壞人橫眉冷對，鄙視他們。但對下一代，包括他的孩子海嬰和普天下的孩子，都願意為他們服務，像牛那樣任勞任怨。因為教師是為下一代盡心盡力的，「俯首甘為孺子牛」特別貼合他們的身分，這句話就常被教師引用了。

魯迅自己做過教師，在他的作品中也出現過幾位教師，各有特色。

最親切的是魯迅十二歲到三味書屋私塾讀書時的老師壽鏡吾先生，一個高而瘦的老人，鬚髮都花白了，戴着一副大眼鏡。他表面嚴厲，其實寬鬆，學生除了要背書之外，還是有許多玩耍的機會。魯迅對他很恭敬，大眾對他的好評是方正、質樸、博學。這樣的老師在學問和品德兩方面都可以給學生很大的益處。各位到紹興旅行別忘了參觀三味書屋，有一張書桌標明是當年魯迅坐過的。

魯迅最懷念的是在日本學醫時的老師藤野先生，他是一位生活儉樸、治學嚴謹的學者，最值得尊敬的地方是沒有民族偏見，在當時日本普遍歧視華人的氣氛下，他公正地看待魯迅，盡力教導他。魯迅在〈藤野先生〉一文中說：「在我所認為我師的之中，他是最使我感激，給我鼓勵的一個。」魯迅認為他不倦的教誨，「小而言之，是為中國，就是希望中國有新的醫學；大而言之，是為學術，就是希望新的醫學傳到中國去。」

魯迅把他的照片掛在自己北京寓所的東牆上，用來勉勵自己，今天還在。

魯迅尊敬的第三位老師是章太炎，三位老師中對魯迅影響最大的也是他。魯迅是在日本上他的課的，講的是文字學。魯迅和章老師是同一年病逝的，那是1936年（唔，那時阿濃兩歲，與魯迅有兩年生活在同時代），由於章太炎逝世後有人說他許多壞話，魯迅在病中還寫了〈關於太炎先生二三事〉，為老師討公道。發表之後還有一篇〈因太炎先生而想起的二三事〉，未寫完就病故了。

不如我們就從魯迅的文章中摘引一些句子，看他是怎樣寫章老師的。

**我以為先生的業績，留在革命史上的，實在比在學術史上還要大。**

**考其生平，以大勳章作扇墜，臨總統府之門，大詬袁世凱的包藏禍心**

者，並世無第二人；七被追捕，三入牢獄，而革命之志，終不屈撓者，並世亦無第二人；這才是先哲的精神，後生的楷範。

他斥責那些奚落先生自鳴得意的小人是「蚍蜉撼大樹，可笑不自量」！

能有這樣為老師名節說公道話的學生，章太炎先生當可告慰了。

## 原文摘錄

出門向東，不上半里，走過一道石橋，便是我先生的家了。從一扇黑油的竹門進去，第三間是書房。中間掛着一塊匾道：三味書屋；匾下面是一幅畫，畫着一隻很肥大的梅花鹿伏在古樹下。沒有孔子牌位，我們便對着那匾和鹿行禮。第一次算是拜孔子，第二次算是拜先生。

第二次行禮時，先生便和藹地在一旁答禮。他是一個高而瘦的老人，鬚髮都花白了，還戴着大眼鏡。我對他很恭敬，因為我早聽到，他是本城中極方正、質樸、博學的人。

魯迅〈從百草園到三味書屋〉

# 二十二　國家萬年根本大計

說到近代教育家、好老師，怎能忘了陶行知？陶行知生於 1891，逝世於 1946。他提倡生活教育，促進平民教育，實踐鄉村教育，辦師範，培養新世代教育人才。孫中山夫人稱讚他是「萬世師表」，郭沫若說「古有孔夫子，今有陶行知」。

陶行知辦過一間小學叫育才小學，他是校長。有一則故事是關於他的，頗有趣，故事的名字是「四塊糖」。

陶校長在校園看學生們活動時，看到一個叫王友的學生拾起地上的泥塊向幾個同學擲過去。

「王友，快停止！」

滿臉通紅的王友停了手，氣鼓鼓的站在那裏。這時上課鐘響了，陶校長說：「你先去上課，放學後來校長室見我。」

放學了，陶校長回到校長室，見王友已站在門外，一副擔心的樣子。

校長叫王友跟他進校長室，校長坐下，王友站在他面前，低着頭，等待校長責罵。想不到校長卻拿了一塊糖給王友說：「這是獎給你的，因為你準時來到，我卻遲到了。」要知道那個時代想吃糖可不是一件容易事，王友不禁咽了一下唾沫。

這時校長又拿出第二塊糖說：「當我叫你停止時你立即住手了，說明你很尊重我，所以我再要獎你。」王友正不知說什麼好，校長再拿出了第三塊糖。

「王友，我查過了，是那幾個同學不遵守遊戲規則，又欺負女同學，你勸他們不聽，才用泥塊擲他們，你正直善良，又有勇氣主持正義，所以這塊糖也是獎勵你的。」

校長的話使王友感動得哭了出來，他哽咽着說：「校長，我也有錯，就算同學不對，我也不應該用泥塊擲他們，你處罰我吧！」

陶校長滿意地笑了，他拿出第四塊糖說：「因為你能認識自己的錯誤，我還要多獎你一塊糖，可我的糖已經全給你啦，你也該回家了。」

王友本來想說點什麼，可是一下子又想不到，他含着眼淚帶着笑向校長鞠了一躬說：「校長再見！」歡歡喜喜的走了。

為了推行他的教育理想，陶行知寫了許多文章，下面的話是從他的文章中摘錄出來的。

**要想學生好學，必須先生好學。唯有學而不厭的先生，才能教出學而不厭的學生。**（老師們，您的學問還在進步中嗎？）

做先生的，應該一面教一面學，並不是販買些知識來，就可以終身賣不盡的。（老師們，您的存貨還有多少？）

因為道德是做人的根本，根本一壞，縱然使你有一些學問和本領，也無甚用處。（老師們，所以我們要以自己的德行做學生的榜樣。）

處處是創造之地，天天是創造之時，人人是創造之人。（老師們，記得培養學生的創造力。）

我們極願意學生能有一天跑在我們前頭，這是我們對於後輩應有之希望。（老師們，我們一定要讓學生青出於藍呀！）

**好學是傳染的，一人好學，可以染起許多人好學。**（老師們，懶惰也是傳染的，一人懶惰，尤其是老師懶惰，會傳染許多人懶惰。）

**國家是大家的，愛國是每個人的本分。**（老師們，愛國也是品德教育的一種。）

陶行知為了普及他的教育思想，創作了不少詩歌，給孩子們誦唱，簡單易明，瑯瑯上口，成為一種詩體，我選一些給大家欣賞。

〈小孩不小歌〉

人人都說小孩小，誰知人小心不小。
您若小看小孩子，便比小孩還要小。

（阿濃說：難怪有這麼多思想幼稚的大人。）

〈罵人〉

你罵我，我罵你，

罵來罵去，只是借人的嘴巴罵自己。

（阿濃說：香港人最要記得這一首。）

〈中國人〉

我是中國人，
我愛中華國。
中國現在不得了，
將來一定了不得！

（願陶先生的願望成真。）

# 窮人家孩子

**窮人家孩子，能夠長大成人，在社會上出頭的，真是難若登天。我是窮窩子裏生長大的，到老總算有了一點微名。回想這一生經歷，千言萬語，百感交集……**

各位，以上是中國最有名的畫家齊白石《自述》的開頭語。他家的確窮，要改變命運，就得靠知識，讓我們看看他是怎樣求知的。

他的第一個老師是祖父，祖父自己只認得三百來個字，他就把他們一個個全教給孫兒了。

他教孫兒的第一個字是「芝」，這是齊白石的名字，他用通爐子的鐵鉗子，寫在松柴灰堆上教白石認。

從四歲到七歲，祖父做了白石的啟蒙老師，之後再也沒有能力教下去了。適逢外祖父在三里地外開了一間學塾，就把白石送去上學。好在免交學費，而且是當時的正規學習途徑。

白石那年八歲，去學校的三里地並不好走，請看白石怎樣描述祖父送他上學的情景：

每天清早，祖父送我去上學，傍晚又接我回家。別看這三里來地的路程，不算太遠，走的卻盡是些黃泥路，平常日子並不覺得什麼，逢到雨季，可難走得很哪！黃泥是挺滑的，滿地是泥濘，一不小心，就得跌倒下去。祖父總是右手撐着雨傘，左手提着飯籮，一步一拐，他仔細地看準了腳步，扶着我走。有時泥塘深了，就把我掮了起來，手裏還拿着東西，低了頭直往前走，往往一走就走了不少的路，累的他氣都喘不過來。他老人家已是六十開外的人，真是難為他的。

同學們，白石這段經歷讓我們思考兩點：一是家人之中有什麼學問可以供我們學習的嗎？譬如父親的許多專長，母親的烹飪和縫紉技巧，他們都是很樂意傾囊相授

的。我父親是書法家，收過幾百個學生，偏偏我沒有跟他學寫字。他去世後我十分後悔，卻已經太遲了。二是家人為我們的學習盡了很多力，省下錢來為我們交學費，花時間接送我們上下課。我們視為理所當然，還埋怨他們剝奪了我們的遊戲時間，這都是不知感恩的表現。

齊白石的成功，一個原因是他遇見好幾位好老師，除了外祖父外，有雕花木匠周之美，簡直把他當親生兒子般看待。又有人稱壽三爺的胡沁園，教他工筆花鳥草蟲。有教他讀詩、讀古文、作詩的陳少蕃老師。有教他山水畫的譚荔生老師。他們都喜歡齊白石的聰慧、肯學，天生的有性靈、有別才。

另一個原因是他的苦學態度，他小時上山放牛，還要負責照顧跟他上山的二弟。他砍柴檢糞，總是帶着書本，等檢夠了糞，砍好了柴，就把掛在牛角上的書拿下來讀，有疑問就拿去問外祖父，一部《論語》就是這樣讀完的。

他借到一部殘缺的《芥子園畫譜》，做木匠收工回家時，用松油柴火做燈，逐幅勾影，足足畫了半年，把它複印下來。朋友借他一本白香山的《長慶集》，白天沒有時間，晚間沒有油燈，燒着松柴，借火光讀完此書。白石七十歲時寫過一首〈往事示兒輩〉：

**村書無角宿緣遲，廿七年華始有師。**
**燈盞無油何害事，自燒松火讀唐詩。**

「村書無角」有點費解，有人解作村裏的書殘破，連角都沒有了。他的師生緣很遲，到廿七歲才獲得胡沁園、陳少蕃的指導。他寫這首詩給兒輩，是希望他們知道前人求學不易，要大家珍惜目前的求學機會和生活環境。齊白石的自述是一篇良師之言，他的成功經歷正是我們學習的榜樣。

每個老師都希望遇見能成材的學生，每個對自己有期望的學生也希望遇見有學問的老師。他們互相遇見不能單靠緣分，學生在各方面把自己準備好，用最大的誠意和努力去爭取向名師學習的機會，成事之後，才有機會在學問上有所成就，甚至超越老師。

# 作品選錄

〈不倒翁〉

烏紗白帽儼然官，不倒原來泥半團。

將汝忽然來打破，通身何處有心肝？

〈題古樹歸鴉〉

八哥解語偏饒舌，鸚鵡能言有是非。

省卻人間煩惱事，斜陽古樹看鴉歸。

〈題菊〉

窮到無邊猶自豪，清閒還比做官高。

歸來尚有黃花在，幸喜平生未折腰。

（齊白石題畫詩）